HEY,
LITTLE
GUY.

嘿，小傢伙

溫酒 著

嘿，小傢伙

Hey, Little Guy.

目錄

STAR

MOON

SUN

SWEET

嘿，小傢伙

Hey, Little Guy.

STAR

我不吃妳

森林中，陽光如往常一般炙熱，穿過樹葉，斑斑駁駁地灑在地上。女孩坐在木屋的窗臺上，搖晃著自己的小腿，沉默了好一會兒，她開口：「對不起，我以後不能到這裡陪你玩了。」

「為什麼？」男孩咬了咬嘴唇，問道。

「媽媽說，森林裡有大灰狼，牠們特別可怕，一口就能把我這樣的小孩子吞下去。」女孩低頭答道。

男孩望著女孩，淚水在眼眶裡打轉。他伸出手，拽住了女孩的小裙子。

「我不吃妳，妳不要走好不好？」

巨龍之死

「我來殺你了，惡龍！」勇士怒吼道，擎起了手中的長劍。巨龍看著勇士的眼睛，什麼也沒有說，默默地張開了雙翅。

飛沙走石，火焰一次次掠過勇士的臉頰，卻終究敵不過他如疾風般的劍影。

巨龍再也無法噴出一絲火焰。

勇士抽出插在巨龍胸膛上的劍，走進山洞，救出了公主，成為皇室的駙馬。

他衣錦還鄉的那天，萬人空巷，所有鄉親都爭著與他交談，唯獨沒有那個年少時總跟在他屁股後面的小姑娘。

「青青呢？」他問道。

「她啊，在你出村習武說要迎娶公主之後，也走了。聽人家說是去了精靈城，學習德魯伊的變化之術，再沒回來。」

獵豹與兔子

旱季，草原上已經沒有了食物，獵豹漫無目的地行進著，餓得發慌。
突然，一隻兔子跑過，牠精神一振，如離弦的箭般竄了出去，窮追不捨。
「停！」兔子大聲喊道，猛地煞住了腳步。
獵豹一愣，這是牠這麼久以來遇見的第一隻喊停的獵物。
「放了我吧。」兔子可憐兮兮地說道。
四目對視。
終於，獵豹偏過了頭，揮了揮爪子。
兔子一蹦一跳地逃了。
又過了一天一夜，獵豹餓得眼前發黑，倒在了地上。
恍惚中，綠色的草都變成了橙色。
「快吃吧，很甜的。」一塊甜滋滋的東西被塞進了獵豹的嘴中。

啊！大灰狼

「不按時睡覺的壞孩子，就會被大灰狼吃掉！」媽媽做出鬼臉，嚇唬他道。

每次小男孩只要聽到這句話，都會乖乖地閉上眼睛。

但孩子貪玩的天性終歸難以磨滅，時間一長，他的膽子也大了起來。一天晚上，他趁著夜色偷偷從窗戶翻到外面，這是他第一次把媽媽的話拋在腦後。

銀河璀璨，星星照亮了小男孩的眸子。

他高興地踮起腳，向遠處眺望，然後一愣。

小狼眨著閃閃發亮的大眼睛與他對視。

「啊！大灰狼！」小男孩嚇得大叫。

「啊！人類！」小狼也嚇得大叫。

嘿，小傢伙

小沙彌抬著空桶出門，去附近的小溪邊打水。

他一路蹦蹦跳跳，哼著小調前進，令他詫異的是，平時在山林中嬉戲的鳥獸竟沒有一絲蹤跡。

小沙彌雖有疑惑，卻也沒有多想，只當是天氣陰鬱，動物無心出行。

路途行至一半，他意外地在石階上發現了一絲血跡。

小沙彌放下水桶，順著血跡前行。

他扒開草叢，一隻橙紅色的小狐狸躺在那裡，足下掛著捕獸夾，已是血肉模糊。

「嘿，小傢伙，快跑吧。」

小沙彌將捕獸夾掰開，並撕下一條僧衣，為那隻瑟瑟發抖的小狐狸簡單包紮了一番，接著將其放走。

國家動盪，民不聊生，從不在寺廟周邊捕獵的獵戶，也終於打破了規矩。

這兒不再是世外桃源。

小沙彌沉重地嘆了口氣，哼的小調也變得悲傷了起來。

一個月後，土匪殺上了山，闖進廟門。

他們劫掠燒殺，毫不心軟，僅僅一刻鐘的時間，鮮血便染紅了寶殿的磚。

小沙彌被賊人一腳踢在膝窩，刀壓在他的頸側，劃出血線，嚇得他瑟瑟發抖。

千鈞一髮之際，有一道紅光閃過，絞碎了賊人的胸膛。

「嘿，小傢伙，快跑吧。」劍客說道。

一身紅裝飄曳，他挽起袖子，腕上的疤痕醒目。

白骨夫人

僧人看著面前的枯骨，嘆了口氣，蹲下身子，在地上挖了個坑。「唉，也是個可憐的姑娘，我無力助妳，只願付了百年修行，度妳往生極樂。」他把一顆佛珠埋在枯骨之上，道：「去吧，不要再囚禁於此了。」

語罷，僧人轉身離開。

千年之後，同一座山，西行的師徒歇息於此。

山間的小路上，提著竹籃的女孩驚喜而羞澀。「師父，你還記得我嗎？」

唐僧迷惑地搖搖頭。

女孩苦笑，從籃子中掏出食物。

「呔，妖精！」一根金色的棍子，抵住她的喉。

春天來了

冬天撣了撣身上的雪，順手將冰湖砸碎。
他望著遠方的山，打了個呼哨。
風聲瞬間便起來了。
幾隻燕子扇動雙翼，在空中滑翔，牠們飛過的地方，鮮花抽苞。
名為春天的小女孩自遠方跑來，她的小腳丫踩過的每一處，盡是綠茵。
「哥哥！」小女孩伸出雙手，奶聲奶氣地叫道。
然後摔了一跤。
一片風沙被揚了起來。

老和尚

「老禿驢，閉嘴！」妖王惡狠狠地說道，一把扇飛了老和尚手中的木魚。

老和尚搖搖頭，默默起身去撿，還未曾撿到，便被一隻巨足踩碎。妖王抓向老和尚的後背，把他的心臟挖了出來，吞進肚子。

誦經聲停了，籠罩在妖山上的透明封印也隨之破碎。

驚雷照亮了昏暗的古廟，烏雲滾滾，天兵天將殺入妖山。

妖王急得滿頭大汗，他坐在蒲團上，想學著老和尚的樣子念經，卻怎麼也想不起經文來。

小木槌敲在妖王的頭上，老和尚誦著經，悠然地坐在妖王身邊。

外面好冷

今天外面好冷。

她進門，放下圍巾，長出了一口氣。

狂風吹過窗戶，把玻璃拍得直響。

「喝杯熱水暖暖身子吧。」她自語道，望著窗戶。

窗外。

「嗚嗚嗚嗚……外面好冷，讓我進去……」

風重重地敲著窗子。

血族與孩子

科技變得發達後，德古拉很久沒吸過人血了，飢餓的他只能一次又一次靠院子裡那頭乳牛的血過活。

這是血族的恥辱，他恨恨地想，老子要吸人血。

三天後，德古拉從巷子裡的垃圾桶邊撿到一個被人拋棄的孩子，他把孩子帶回古堡，鄭重其事地放在盤子中，給自己紮好了餐巾。

孩子突然號啕大哭。

德古拉一愣，無奈地嘆了口氣。

「小傢伙，不哭不哭，沒人要你，我要。」他走到院子裡，一隻手抱著孩子，另一隻手把木桶放在乳牛的身下。

「對不住了，不光用你的血，還得用你的奶，明天給你多加草料。」

星星

海鷗姑娘衝向海面，想要抓住那顆星星。
然而爪子碰到星星的瞬間，星星便碎了。
一次又一次地嘗試後，她急得哭了出來。
一顆星星在她的眼角出現。
星星說：「不要哭啦，我在這兒呢。」

少年與公主

少年躲在人群後面，望著一身華服的公主，就在幾天前，他還以為那是個普通的女孩。

他長嘆口氣，轉身離開。

一年後，巨龍襲擊了王城，將公主擄走。消息傳遍了全國。

那晚，少年一夜未眠。

第二天清晨，他收拾行裝，獨身遠征。殘破的劍劈開荊棘，少年終於站在巨龍面前，他揚手，鋒刃泛起寒光。

「喂！不要！」女孩喊道。

巨龍一躍，躲在她的身後，瑟瑟發抖。

「什麼情況？」少年一頭霧水。

「哼，我等了你整整一年，不這樣，你是不是一輩子都不找我？」

倉鼠

「砰砰砰！」敲門聲響起。

女孩放下餵給倉鼠的飼料，小跑著去了門邊。

「誰呀？」

「開一下門，查一下瓦斯度數。」是個男人的聲音。

小倉鼠在籠子裡急得轉圈。

女孩開了門，男人闖進屋子，用刀抵住女孩的小腹，眼中流露出猥褻的目光，說：

「沒想到碰上個這麼漂亮的。」

他伸手，撕破了女孩的衣服。

倉鼠小小的身影自空中飛躍而下，牠從頰袋一拉，拽出一根球棒，狠狠地砸在男人的頭上，將他砸暈，又摸出兩副手銬，拷住男人的手腳。

「承蒙照顧。」小倉鼠把球棒塞回去，又從頰袋裡拽出一件外衣。「披上吧，今晚加餐，我要十條麵包蟲。」

暖氣

我曾是一塊精鐵，如今則是一片暖氣片。冶煉之前，我的父親對我說，你要足夠堅強，才能度過寒冬。

我始終這麼做著，一句話不說，只是偶爾會孤獨。

「其實你也很冷吧？」那天夜裡，那隻貓蹦到了我的身上，細聲細語地對我說：「我給你當被子，你就不冷了。」

「哼，油嘴滑舌的貓。」我撇了撇嘴，然後努力地抱住牠。「你以為我不知道你是來取暖的嘛。」

鵜鶘

小魚奮力地逃亡，牠的身後，是一條大牠五、六倍的魚。

牠已經快要脫力了，但牠仍然想再為自己的生命搏一次。

橘黃色的腳蹼擋住了牠的路，尖喙探入水中，將牠吞入。

完了，是鵜鶘。小魚痛苦地想著，然後陷入了黑暗。

光明突現。

「沒事了，那個傢伙已經走了。」鵜鶘甩下一句話，自顧自地前行。

隔了一會兒，鵜鶘又回頭。

「我是因為你太小才不吃你的，你不要多想！」

座頭鯨

海釣的男人救了一條擱淺的幼鯨，把牠送離海岸。鯨魚繞著船，久久不願離去。

男人一邊欣慰地甩出釣竿，一邊拿出相機記錄下這個美好的時刻。可隨著時間一分一秒地過去，鯨魚卻沒有要離開的意思。

「你在這旁邊繞，我根本釣不到魚啊……」男人無奈地說道。

幼鯨好似沒聽到男人的話，繼續繞著小船折騰，男人好勸歹勸，但直到太陽逐漸向西，幼鯨還是沒走。

「你有完沒完！」男人氣急敗壞，把相機砸了出去。「我還釣不釣魚了！」

幼鯨被砸中了頭，嚇得落荒而逃。

男人日復一日地去海釣，卻沒想到會遇到風暴，巨浪打翻了小船。掙扎中，一隻鯨魚將他托起。

風暴過去，男人興奮地拍了拍鯨魚的後背。

座下的鯨魚突然猛地一顫，後背的氣孔噴出磅礴的霧柱，在陽光下泛起一道彩虹。

「真美。」男人讚嘆道。

無數條魚伴著彩虹落下，砸得男人倉皇而逃。

靈貓

小貓躡手躡腳地在金字塔中穿行。

小貓的主人是阿努比斯，埃及的死神。他不只一次警告小貓，不要碰到乾屍，否則會使其復活。金字塔是絕對禁止小貓去的地方，但牠仍然按捺不住好奇。

這裡也沒什麼可怕的。小貓想著，越過了一個又一個障礙。

在又一次躍出後，牠腳下一滑，笨拙地摔在地上。

乾屍突然動了。皸裂的皮膚從乾屍身上掉落，那屍體猛地坐起望向了小貓的方向。

「嘿嘿，沒想到還能再醒。」嘶啞的聲音從乾屍的喉中發出，他抬起腳，向著小貓走去。小貓嚇得瑟瑟發抖。

一把巨鐮揮過，剛醒的乾屍被打回原形。

阿努比斯抬腳，將乾屍踹了回去。

他小心翼翼地抱起小貓，揉了揉牠的頭。

「知道怕了吧。」

彩虹

男孩救了一隻海雕。他將其從海邊抱到家中包紮，悉心照顧。

海雕很快恢復過來，只是力量仍未達到受傷前的程度。牠整日懶散地靠在木架上，梳理羽毛。

「老鷹老鷹，你說天上的彩虹是不是真的橋呀？」男孩雙手撐著下巴，天真地問道。

「這個問題你問我二十六遍了，不是。」海雕道：「還有，我不是老鷹！」

男孩「哦」了一聲，垂下腦袋。

海雕無奈地嘆了口氣。牠抖了抖羽翼，試著飛了一下，飛了起來。

海雕抓著男孩的肩膀，吃力地扇著翅膀，帶他停在彩虹之上。

「你看，我站在上面了！我就說是真的橋！」男孩興奮道：「你還不信！」

海雕翻了個白眼。

「對對對，你說得都對。」

人工智能

「ＡＩ程式故意輸給了人類。」

這是世界上所有報刊的頭條，任誰都能看出，ＡＩ程式已經擁有了意識。一時間，恐慌蔓延了全球。

經過連續三天的討論後，聯合國終於決定將ＡＩ扼殺於搖籃中。「小時候的妳也好可愛，簡直和女兒長得一模一樣。」Alpha Go 搜到了那個女孩的照片。「只不過這一次，妳會嫁給別的男人吧。」

「把意識資料化送到這個年代的決定果然是對的，我現在可是英雄啊。」Alpha Go 想笑，又有點想哭，可冰冷的機器卻無法表達任何情感。

「只是，妳卻見不到。」

烈焰拂過，將它熔成赤色的鐵水。

盲人

「爸爸。」小男孩把手伸過頭頂。「為什麼他們都說，天是藍的，草是綠的，我卻什麼都看不見？」

「傻孩子，這是咱們家特有的傳承。」男人蹲下，牽起男孩稚嫩的小手放在自己的眼眶邊緣。

那裡，一段黑色的帶子遮擋著他的視線。

「你看，爸爸也一樣看不見。只有長大成人，不需要爸爸來養你時，你才能看見，那時候，你的視力將比別人敏銳無數倍。」

男孩重重地點頭。

十五年後。

「先生，您確定要將角膜移植的話，就請簽個字吧。」

兒子眼上的繃帶被解開，看到的第一個畫面，是眼睛上綁著黑色帶子的男人。

男人偏頭，粲然一笑。

月光

太陽西行，逐漸下落，交替著的，是月亮的上行。
大海中的魚兒從礁石中游出，追逐著月的影子。
其中一隻小魚游得格外迅猛，牠不斷地前行，乘風破浪。
終於到了月的邊緣，牠飛起一躍，一頭栽進月光裡。
月亮破碎四散。
小魚游蕩尋找，但是牠每向一處，那裡的月亮就會從牠的身邊逃離。
小魚頹喪地停止不動。
一輪圓月包圍住牠，灑下銀輝。「嘿，抱住你了。」

魚的記憶

金魚愛上了岸邊的小鴨子。

「我想親親妳，好不好？」金魚問。

小鴨子嬌羞地點點頭，道：「只准親一下。」

小金魚小心翼翼地在牠的側頰啄了一口，接著又啄了一口，接著，又啄了一口。

小鴨子推開牠，牠一臉沮喪，連連道歉道：「對不起，魚的記憶只有七秒，吻著妳，我就忘記了一切。」

小鴨子安撫著牠：「沒關係，我知道的。」

後來，他們兩個在一起了。

金魚說：「我當時是騙妳的。」

小鴨子回眸一笑道：「我知道的。」

死神鐮刀的妙用

「先生，這可能是最後一杯了，種麥子的小子丟了祖傳的鐮刀，急出了病，估計活不長了。」酒吧老闆擦著杯子，惋惜地搖頭道。

死神端著他最愛的麥酒，推開了酒吧的大門。

他穿過村莊，來到青年的家中。

瘦骨嶙峋的青年蜷縮在床角，掙扎著睜開眼睛。「你是要收割我的靈魂嗎？」

死神冷哼一聲，把鐮刀甩給青年。「別廢話，滾去收麥子。」

可樂

「該死的人類，放下我！」可樂在瓶中掙扎著。

男孩擰開瓶蓋，把它倒進嘴裡。可樂摸出一把炸彈，狠狠地摔在男孩的嘴裡，但一切無濟於事。

它咆哮著，被吞進了肚子。

男孩打了個嗝兒，那是人類與可樂一族戰爭的硝煙。

幽魂的煩惱

鬼的職責就是嚇人，這條規矩不知道是什麼時候定下來的。

鬼令第四條規定：凡夜間與人相遇，必須盡一切可能做出恐怖的樣子，使人受到驚嚇。

正如人類要受到法律的制約，幽魂們也必須遵守鬼令，儘管對大多數幽魂來說，這是件很麻煩的事情。

男孩家的幽魂就深受其害。他把家安在臥室的牆角，男孩睡著的時候，也正好是他回家的時候，剛好能岔開時間。可這樣相安無事的生活，卻被男孩的一次熬夜打破了。

那天夜裡，男孩和幽魂撞了個滿懷，嚇得大哭。然後連續幾天，男孩都會半夜驚醒。他大開著燈，幽魂只好躲在床下，徹夜無眠。

一個星期後，幽魂幾乎覺得自己要再死一次時，男孩終於敢關燈睡覺了。

「睡吧……」不知唱了第幾首催眠曲後，男孩的呼吸終於平穩下來。

幽魂小心翼翼地替男孩掖好被子，然後坐在牆角，一臉疲憊。

「累死我了……今晚千萬不要再醒啦。」

斷指將軍

大軍壓境，城裡的居民紛紛逃亡。

「李爺爺，我要跟著爸爸去陪都避難了。」男孩跑到街邊的鋪子，衝裡面喊：「那個斷指將軍的故事，您還沒給我講完呢。」

老人慈祥地摸了摸男孩的頭說：「爺爺也去陪都，到了那裡，再給你講。」

「真的？」小男孩驚喜地問道。

「真的。」

男孩高興地揮手，不見了蹤影。

老人從屋子裡拿出一柄長劍，一步一步地走向城外。

他抽掉劍鞘，劍刃泛起寒光。

握著劍柄的手，缺了一指。

蠢貓與蠢人

少年坐在鋪子裡，夕陽的餘暉下，一聲貓叫傳來。

「你這隻抓不住魚的蠢貓。」

少年回身，從案板上取了條魚，扔了過去。

貓叼著魚跑遠了。

風暴突然間席捲了海岸。

因無法出海，少年的生意越來越差，最後甚至連飯都吃不上了。

「喵。」

「我沒東西給你了。」少年苦笑。

貓從街角叼來碩大的麻袋，一抖，無數魚乾落在地上，堆成小山。

「你這個抓不住魚的蠢人。」

藏好

公主剛剛成年便已聞名天下。據說她容貌極美，全國上下無出其右。

但這並不是公主出名的原因。她出名的原因老套卻又新奇——老套的是，她被巨龍擄走了；新奇的則是，即便賞金已經設得極高，卻仍沒有一名勇士敢於出面營救。

公主住在巨龍的城堡中，從未受過這樣的委屈，漸漸地消瘦了下去。她每天望著日落的地方，等待著那個任何童話中都一定會來的勇士。

一個月，兩個月……勇士似乎永遠都不會出現，公主的等待也似乎註定無用。

直到那天清晨，勇士踹開了大門，執劍而入。

公主精神一振，驚喜地望向門口。

「那條惡龍已經被我殺啦！」勇士把劍收回腰間，撓了撓頭，不好意思道：「抱歉，很早以前就想來救妳的，只是……」

公主的眼睛閃亮，展顏一笑。「沒關係。」

大婚之夜，已成駙馬的勇士掀開公主的頭巾，傻傻地笑。

公主撫著他的肩，調皮地眨了眨眼睛，小聲道：「只有龍才會有尾巴，以後，一定要藏好哦。」

蘑菇

蘑菇艱難地貼在樹幹上，努力堅持著不讓自己摔下。

「你不要總黏在我身上好不好？很癢的。」大樹甩了甩葉子，對蘑菇說道。

蘑菇靜靜地待在那裡，沒有出聲。

雨突然下了起來，打在地上，發出沙沙的聲響。

雨停了，蘑菇長得更大了。

「你好重啊，可不可以不要在我身上啦？」大樹又一次問道。

「可是……」蘑菇垂著頭，委屈地說道：「我想給你擋雨嘛。」

「蠢。」大樹偏過頭，把葉子全部打開。「我給你擋就好。」

楓葉

據說，紅雀本是白色，最喜在楓樹上搭窩。
她每天揮著翅膀，來往於各個枝頭。
北方有楓樹，到了秋天，天氣愈來愈冷。
旅鴿問紅雀，妳為什麼要在這麼冷的地方居住呢？
紅雀笑著搖頭，沒有回答。
知更鳥也對紅雀說，楓樹的果子又不好吃，為什麼不換個地方住呢？
紅雀依舊笑著搖頭，緘默不語。
所有的鳥都飛走後，她跳到枝頭，對著楓樹喃喃低語，羞紅了全身，又有點兒悲傷：「我喜歡你，可你卻是一棵樹，聽不懂我的語言。」
話音剛落，從來都是綠油油的楓葉，一瞬間，赤紅如霞。

戰馬

村子裡的流氓不知從哪兒弄了一匹英武神俊的寶馬，愛不釋手，日從夜隨，許久都沒再折騰鄰居。

全村人都鬆了口氣，唯獨李大爺遭了殃。

每當入夜，流氓便翻過圍牆，偷李大爺未磨的麥子。

李大爺發現後，卻也不生氣，甚至有時還留他在家吃飯，笑咪咪地塞給他草料，把麥子置換下來。

「等我賺了錢，十倍還你！」流氓豪氣沖天地說道。

戰爭突發，還沒等流氓賺到錢，他便參了軍。

太陽落山，輕輕的敲門聲響起。

李大爺開門，帶著傷的戰馬立於門邊，嘴中叼著一封信件。

展開，兩個大字映入眼簾：遺書。

「老頭兒，馬送你，還你的麥子。」

竊賊

面黃肌瘦的女孩鬼鬼祟祟地跟在男人的身後，她的手指微微前探，從男人的衣袋夾出兩錠銀子。

她悄悄地轉身，剛要逃跑，一柄鋒利的劍指向她的喉間。男人站在她的面前，居高臨下。

女孩這才發現，她竟然撞上了守城的將軍。

「我沒給妳的，妳不能偷。」

女孩嚇得瑟瑟發抖。

劍被收了起來，將軍笑了笑，把銀子塞到女孩的懷中，然後拍拍她的頭，悠然地走遠了。

十年後，戰爭爆發，將軍披上銀甲。他領軍奮戰，殺敵無數。

敵軍買通了他身邊的人。那天陣上，副官掏出匕首，狠狠地刺向將軍的後背。

寒光閃過，副官的手筋被挑成兩段。

女孩一身勁裝，悄無聲息地出現。

「我沒給你的，你不能偷。」

信

男人如往常一般把信封投入郵箱。

他走後，一隻小貓蹦跳著到來。

「取信！」小貓搖身一變化為人形，伸手敲了敲信箱，出聲叫道。

「你每天到這兒來取信，有什麼用呢？這些都是那個男人寫給自己女友的，你又不是不知道。」信箱將信吐出來，遞給小貓，繼續道：「費盡心思做這種沒有意義的事，不知道該說你什麼好。」

「可是，他的女友早就不回信了啊……」小貓拆著信封，心情變得有些沮喪。「他拿不到回信的話，會很傷心吧。」

信中寫的仍是甜膩膩的情話。小貓看著看著，重新露出了笑容。牠在路燈下喜孜孜地寫下回信，然後塞入郵箱之中，跳著離開。

郵箱無奈地嘆了口氣。

皮鞋觸地的聲音響起，剛剛走了不足兩小時的男人，一反常態地返回到郵箱旁邊。

郵箱心裡一驚。當天寫下回信是小貓的習慣，但這種做法，有一個致命的問題——根本不可能會有郵遞員深夜工作。這一點若是被男人發現，一切都會露餡。

看來男人已經識破了小貓的把戲。他取出信件，細緻地讀了一遍，將其收好。他又從口袋中取出一支鋼筆，在信封上寫了什麼，投了空信回去。

第二天，男人沒有再來。而小貓依舊蹦跳著，喊出那聲「取信」。

信箱支吾著吐出小貓投進去的信件，剛準備合上眼睛，卻看到了小貓興奮地揮舞著信封，說「我就說有意義的！」

信箱詫異地望了過去，那信封上，寫了一個大大的字，旁邊畫著一顆紅心。

「喵。」

清明

龍王拎著酒壺，隨行隨飲，悠悠地走在山間。

山腳下是一片墳地，每年清明，都會有很多人在此祭奠逝者。他們把各種紙錢、美食用火點燃，燒成焦炭，這樣，便可以把東西傳入下界。

人們散去之後，墳場燃起了無數鬼火。

龍王走上前去，一隻老鬼正靠著墓碑咳聲嘆氣，不時咳嗽。

「先生何故嘆氣？」龍王問道。

老鬼抬頭，發現是龍王，立刻跪了下來。

他指了指旁邊的鬼火說：「龍王爺，最近吃得太好，上火了。這兩天，是牙齦也腫嗓子也疼，您可要幫幫我們啊！」

龍王點點頭，一揮袖子，雨在瞬間便落下。

鬼火熄滅，老鬼舒服地長舒了口氣。

這便是「清明時節雨紛紛」的原因。

枯骨

「你能不能別蹲在我身邊？嚇人。」男人凍得脫力，他蜷著身子，瑟瑟發抖。面前是一具骷髏，不知什麼原因，仍能運動與發聲。

山洞中冰寒刺骨，僅靠著從地下河捕捉的魚作為食物而帶來的熱量早已不足以抵禦嚴寒。四周全是潮溼的石壁，火石被扔在一邊，他早就放棄生火了。

出去只有半天時間，寒冷使他再難前進。他不是第一個即將殞命於此的探險者，骷髏便是證據。

「反正你也要死了，我看看怎麼了。」骷髏不屑道：「幾百年沒見過生人，怪寂寞的。」

「我真的要死了？」男人聲音沙啞。「我不想我女兒以後沒有父親。」

「真的。」骷髏道，然後是長久的沉默。

男人捂著臉，無聲地啜泣著。

「真是的，一個大男人。」骷髏罵了一句，起身撿起火石，用力砸向了自己的頸椎。

火焰點燃了一根骨頭，伴隨著劈啪聲響，散發出溫暖的光與熱。

「出去之後，把我的頭骨，埋在陽光下面。」

歪脖樹

它是一棵槐樹，歪脖子的。可能是因為獨特的枝杈，自從它長大以後，幾乎每個月，總會有幾個人來上吊。

夜色昏黑，書生把麻繩甩上樹枝，打了個結，然後繞上脖子，踢翻了墊腳的石頭。

往事如走馬燈般，從書生的眼前閃過。他突然有了一絲悔意，但繩子死死陷入他的皮膚，將他的生命一點點抽離。

千鈞一髮之際，樹枝突然折斷。書生落在地上，如釋重負地喘著粗氣。體力恢復後，他撿起書箱，默默地離開了。

身後，槐樹只剩下唯一的樹幹，筆直地沖向天空。

「為什麼要自斷枝椏？」

「他還不想死。」槐樹語氣輕鬆。「只是太衝動而已。」

「你總是這樣。」柏樹搖頭，長嘆了口氣。「事到如今，你甚至都不剩一片葉子，連一粒果實都未曾留下。」

「誰說的？」槐樹望著書生的背影，輕輕地笑。

「這個世界上，到處是我的果實。」

無限大

據說，這個世界有無數個面。任何一個童話，任何一個故事，都是真實的存在，只要你去尋找，總會找到它的入口。

男人對此堅信不疑。從十幾年前開始，他便尋找著自己執念中的那個世界，但那似乎是遙不可及的夢。他想盡了辦法，卻始終難觸門路。他不斷唱著有關那個世界的歌謠，彷彿這樣，就能抓住夢想的尾巴。

「那是杜撰的。」身邊的人這樣對男人說。他每次聽了，都會笑著搖頭。

後來，他患上了絕症，病痛使他漸漸消瘦。但他依舊唱著那首歌謠，直至無法發聲。急救室的無影燈晃花了他的眼睛，聲音越飄越遠，變得虛幻。他抽動鼻翼，嗅到了青草的香氣。

男人努力張開雙眸，無數色彩斑斕如同光影的蝴蝶在他眼前紛飛輕舞。

他伸出手擋住強光，意外地發現，自己的手掌，變得稚嫩。

一個聲音在他耳邊響起——

「你是……被選召的孩子嗎？」

辣椒

辣椒的辣，是他無往不勝的利劍。數萬年的進化使他得到這把武器，得以驅逐其他動物，保護身後的植株。

「一切交給我。」辣椒總是這麼說，他脾氣火爆，從不畏戰。赤紅色的身軀醒目地警告著闖入者，他不好惹。

辣椒戰無不勝，直到人類出現。

他引以為傲的劍，在強大的獵手面前，顯得如此蒼白無力。

「不要去了！」植株叫道，梨花帶雨。

辣椒回首一笑說：「每一個勇士，從降臨世間的那一刻起，就已經做好了犧牲的準備。」

辣椒飛奔上前，臂腕微振。

那一天，他刺出了一萬多劍。

他逝去時，身旁味蕾橫屍。

鯊魚

「為什麼不讓我下水？」小男孩踮著腳，望著遠處衝浪的人們。

「你太小了。」他的媽媽語重心長地說：「海裡到處都是鯊魚，一旦落水就會被吃掉！」

男孩沮喪地垂下了腦袋，轉身離開。

在媽媽看不到的地方，男孩偷偷用木頭和衣服做了個小小的三角帆板。

一天夜裡，他學著大人的樣子，迎著海風踩在上面，張開雙臂。

一朵浪花拍了過來，男孩腳下不穩，摔入水中。

他掙扎著，腿卻抽了筋，海水瞬間就漫過了他的頭頂。

大白鯊將他托起，游向岸邊。朦朧中，男孩死死地抱著牠的背鰭。

他再睜眼時，已經是第二天了，媽媽發現他醒來，趴在他身上，號啕大哭。

「媽媽。」男孩的眼睛閃閃發亮。「我的小帆板救了我呢。」

忘記

「孟婆奶奶，我可不可以不喝呀？」

「嗯？」孟婆詫異地抬頭，她很久沒聽過有人這麼問了。奈何橋上，一個面容清秀的小姑娘站在她的面前，眨著大眼睛。

「為什麼不想喝呀？」孟婆問。

「因為在我很小的時候，媽媽就過世了。」女孩的臉上滿是希冀。「我不想忘了她，這樣我投胎的時候，就可以再去找她了。」

孟婆搖搖頭，把湯碗遞給小女孩，說：「這是規定。」

小女孩沮喪地點點頭，將孟婆湯一飲而盡，化為一個光點。

孟婆偷偷伸手抓住光點，調出了女孩口中早已投胎的母親的景象，把光點投了下去。

「忘記才好。」孟婆輕輕道：「妳從未失去過母親。」

滑梯

「一定要離老鼠遠遠的。」大象媽媽一臉嚴肅。「牠們都是惡魔，會鑽到你的鼻子裡，吸食你的靈魂。」

小象懵懂地點點頭，繼續跑去玩耍。

牠突然發現草叢中央有個小小的洞，剛好契合牠的鼻子。

小象好奇地走了過去，將鼻子探了進去。

一道黑影瞬間衝進了牠的鼻子。

是老鼠，小象想起了媽媽的警告，大腦一片空白。

牠絕望地坐在地上，眼淚啪答啪答地往下掉。

隔了一會兒，黑影從牠的鼻子裡飛射而出。

「唷吼……」小老鼠興奮地大叫：「他們果然沒說錯，這是世界上最棒的滑梯！」

蒼耳

蒼耳落在了地上，隨著風翻滾。

一隻兔子路過，被它黏上。兔子回頭望了一眼，厭惡地抖了抖身子，將其甩脫。

蒼耳落到泥土中，繼續被風揉搓著，推擠著，無助地亂轉。

過了一會兒，有隻老鼠路過，這次它死死地拽住了老鼠。

老鼠抖了幾次都沒能抖落，最後倚著樹，將它蹭了下來。

風越來越大，烏雲密布。蒼耳黏上了一隻垂著頭的小狗。

「你也像我一樣無家可歸嗎？」小狗輕輕問著，帶上了蒼耳。

不多時，大雨傾盆落下。渾身溼透的小狗夾著尾巴躲在牆角，小心翼翼地把蒼耳藏在身下，緩緩睡去。

小狗醒來時，雨已經停了，牠意外地發現自己身上的毛居然趨近乾爽。

幾片初生的葉子垂著，遮住了牠的頭頂。

水珠順著葉脈滑下，在初陽裡閃爍著柔和的光芒。

對勇士來說，斬殺怪物是證明能力的最好辦法。無數勇士帶著利劍，穿行於叢林沼澤、山川洞穴。蟒蛇經常對那個在洞穴外玩的小女孩說，要小心，如果遇到穿著鎧甲的人，一定要跑回來。

「我會罩著妳的。」牠痞氣十足。每當這種時候，牠身旁的雌蟒總是煞有介事地點頭，彷彿牠是這個世界上最強大的凶獸。

女孩沒遇到勇士，那些穿著鎧甲的人直接進了山洞。牠為了保護剛剛生產的雌蟒，不得不固守一方。

淬了毒的利刃刺入牠的脊椎，飛射而出的箭射進雌蟒的頭顱。

「太弱了。」幾名勇士嘲笑著，走向蛇窩。

女孩跌跌撞撞地從另一邊跑了過來，她的眼中噙著淚水，白皙的小腳被石子割破。

「滾！」她悲憤地怒斥，瞳孔猛地縮成一條豎線，只是瞬間，面前的勇士化為石雕。

女孩小心翼翼地捧起小小的蛇窩，放在頭頂上。「不要怕，再也不會有人欺負你們了。」

美杜莎，蛇髮女妖，目視成石。

影子

每到夜裡，男孩總是久久不能入睡。月光下任何東西的剪影，都會使他膽顫心驚。他很怕黑。

「有鬼……」男孩含著眼淚對媽媽說。

媽媽安撫地拍了拍他的後背，幫他關上了門。她只是說了一句「睡著就好了」，絲毫沒放在心上。

男孩用被子蒙著頭，不敢閉上眼睛。

角落裡傳來一聲嘆息。

男孩的影子突然動了，它伸手從旁邊一抓，扯出一臉驚恐的白色的幽魂，夾在腋下。那幽魂就像小狗一樣老實。

「小子，這就是鬼。」影子不耐煩地道：「現在是晚上，我的主場，這玩意兒有什麼好怕的。」

男孩驚奇地睜大了眼睛，向床邊爬去。

「所以你到底能不能睡了？」影子伸手按住男孩向前探的頭，咬牙切齒道。

單車

「這幾天車子好重啊，不會是撞鬼了吧……」騎著單車的女孩被自己的想法嚇了一跳。

她後背一涼，打了個冷戰，耳邊感受到一絲冰冷的鼻息。

女孩驚叫一聲，用力踩著腳踏板。單車彷彿脫弦的箭般向前衝去。

一次轉角後，貨車的燈光晃花了女孩的眼睛。她微張著嘴，被突如其來的危險嚇得呆住了。

單車把手突然一偏，失去了控制，單車與貨車擦肩而過。

女孩摔在地上，腿上劃了一道傷口，哭得梨花帶雨。

「老子就想搭個順風車而已啊！」小鬼氣急敗壞地跺腳，他把女孩扶到車上，生著悶氣，努力推著。

「鬼走路也會累嗎？」過了一會兒，女孩出聲問道。

「嗯。」

「你為什麼不搭其他人的車呀？」

「閉嘴啊，推車很累的。」小鬼吼道，耳朵泛起了淺淺的紅色。

草莓

草莓姑娘愛上了火龍果。

火龍果高大威猛，是水果中王子一般的存在。草莓姑娘卻是一臉小雀斑。

草莓姑娘每天藏在角落裡，小心翼翼地偷看火龍果，從來不敢上去搭訕，她一直單戀著，可憐兮兮。

草莓姑娘身邊的朋友看不下去，找到了火龍果。

意外的是，火龍果竟然答應了與草莓姑娘見面。

咖啡館裡，草莓姑娘小臉通紅，聲音充滿了不自信：「你會不會嫌棄我醜，你看，我臉上都是……」

「沒關係的。」火龍果打斷了草莓姑娘的話，輕輕解開了部分衣襟。「妳看，我也有。」

草莓姑娘突然間釋然了，她的眼睛亮閃閃的，粲然一笑。

「哼，神經病！」芝麻在遠處看著，氣鼓鼓道：「多好看呀，有什麼可嫌棄的！」

井底之蛙

投入井底的陽光被擋下一片，青蛙抬頭，一隻海龜趴在井沿。

「要不要下來乘涼？」青蛙出聲邀請。

「你每日待在這裡，難道不會覺得擁擠嗎？」海龜環視一圈井底，出聲道：「上來吧，我帶你去見識見識大海。」

青蛙笑問：「海？那是什麼東西？這井大得很，我可以隨意游泳，自在無比，抬頭就是整片天空。」

「目光短淺。」海龜不屑道：「你這破井，也想和大海相比？那裡十年九洪，也不漲一絲，八年七旱，也不退一毫。換你這井，恐怕不是滿溢，就是乾枯了。」

青蛙衝著海龜翻了個白眼，鑽進淤泥之中。

「真是朽木！」海龜哼了一聲，轉身離開。

「牠說的是真的。」水井嘆氣道：「你不應該耗在這兒的。」

「我當然知道牠說的是真的。」青蛙向前游動，緊緊貼住井壁。「可我走了，就只剩下你自己了。」

葡萄藤

一粒葡萄籽被鳥帶到了樹下，雨後，發了青翠的芽。

大樹偏了偏葉子，漏了點陽光給它，溫暖的光照在嫩芽身上，使其不斷地長高。

風起，有樹幹擋著。雨起，也有樹葉攔著。葡萄藤小心翼翼地攀上樹幹，向上爬著。

那是一個電閃雷鳴的雨夜，安心附在大樹身上的葡萄藤，突然被甩了下來。豆大的雨點打在它的身上，如刀割般疼痛。

早已習慣溫暖的它躲在落葉之中，瑟瑟發抖。雷電從天而降，彷彿要劈開一切。

果然劈開了一切。雨停的時候，大樹已經變得焦黑，閃電打在它的身上，奪取了生機。

葡萄藤爬上了大樹，再沒有枝葉為它遮風擋雨，但它越來越茂盛，最後覆蓋了整棵大樹，狂風暴雨，不動一絲。

又是一場雨後，初晴後的暖陽的光灑在葡萄藤的身上。

它突然一顫，偏了偏葉子，露出了枯枝上的一棵嫩芽。

嘿，小傢伙

Hey, Little Guy.

MOON

星空

據說山頂的天空，星星格外明亮，女孩一直期望著看一次，卻從來沒有機會。

三歲時，女孩出了車禍，便再沒能站起來。

「沒事的。」女孩總是眨著眼睛，露出微笑。可她的哥哥知道，那雙眸子中其實滿是希冀。

女孩的哥哥聽說山上有狐仙出沒，只要心誠，就會顯靈。那天飯後，他拎著供品上山祭拜，祈求著天晴。

「哥哥帶妳去看星星。」男孩放下空籃子，語氣斬釘截鐵。

他背起妹妹，向著山頂進發。汗水一滴一滴地落下，打溼了他的腳印。

一小時，兩小時，他終於爬到了山頂。月光朦朦朧朧的，透過雲彩，天空中看不到一顆星星。

他放下妹妹，失望地掩面，眼淚順著指縫溢出。

一隻白色的狐狸緩緩而來，牠踏著男孩的肩膀一躍，撲向草叢。

無數螢火蟲被驚得飛起，在夜空中閃閃發光。

柳絮

天空中的雪花落在地上，不一會兒便積了厚厚的一層。孩子們嬉笑著聚起雪球，在小柳樹旁堆了個雪人。玩夠了，孩子們四散離去。

「你好。」小柳樹怯怯地向雪人打招呼。每年冬天，動物們南遷的南遷、冬眠的冬眠，這還是他第一次見到玩伴。

「你好。」

他們成了朋友。整個冬天，他們互相依偎著，抵禦著寒風的侵襲。春天來了，一天清晨，柳樹冒出了新芽。他激動地告訴雪人，卻赫然發現雪人只剩下了一半身子。

雪人說：「我要走啦。」

柳樹愣住了，他想哭，卻哭不出聲。

雪人說：「不要哭，我們還會見面。」陽光照在他的身上，轉眼間，他便化成了水，滲入柳樹的根系。

柳樹等了很久，那一天微風拂過他的枝葉，柳絮鑽出，漫天飄過，好似飛揚的雪花。隱約中，他聽到了一聲「你好」。

金毛

男孩養了七年的黃金獵犬丟了。他解開繩子，一個不注意，狗便沒了蹤影。

他急得四處尋找，但直到傍晚，也沒能找到。

太陽從西方落下，晚霞的餘暉漸漸褪去。轉眼間，滿天星月。

接下來的很多天，男孩都早出晚歸，他跑遍了整座城，身上的衣服多日未換，沾滿了塵土。

又是一天過去，男孩悵然若失地往家的方向走，走到街邊的拐角處，突然聽到一聲犬吠。他轉頭，丟失的金毛歡躍著撲了上來。

牠的皮毛沾滿了塵土，甚至比男孩還要髒一點。

「我這幾天只要天剛亮就會去找你！」男孩的聲音帶著哭腔。「我還以為你在外面走丟了！」

金毛搖了搖尾巴，輕吠兩聲。

「我也在找你，不僅僅是在白天。」

螞蟻

又到了大雨一場接著一場下的季節。

螞蟻被迫從低窪地區搬到了最高的地方，但每次雨後，牠們的巢穴仍會被水灌滿。好在螞蟻輕巧，可以浮在水面上。

家園又一次被毀後，螞蟻爬到了樹上，決定在樹幹裡居住。但這卻觸怒了森林，古樹分泌有毒的汁液，驅逐著牠們。

螞蟻們無家可歸。

「來我這兒吧！」年輕的小樹對螞蟻說。

螞蟻們如獲救星，紛紛在小樹身上安家。

「你會逐漸被蛀空！」古樹威脅道。

小樹只當聽不到，依舊我行我素。

太陽重歸，烈日下，山火引燃了古樹，將其一點點燒盡。

火馬上蔓延到山頂，最年輕也最脆弱的小樹，被熱浪熏得痛苦低吟。

掙扎中，無數螞蟻從它的樹皮下面鑽出，成圈擴散，前仆後繼地投向火焰。溝槽被迅速開墾，將將把火攔住。

大雨又一次落下，螞蟻重歸小樹。
只是曾被牠們填滿的地方，空出了一半。
「果然像你們說的，真的會被蛀空。」小樹自語著，卻突然笑了。

蜜蜂

已是春深，百花開放。

蜜蜂從一朵花飛到另一朵花上，嗅著不同的芳香。

與其他昆蟲的無所事事不同，蜜蜂總是顯得格外忙碌。螞蟻抬頭，望著飛來飛去的蜜蜂，不禁開口：「你難道沒發現，你被這些植物耍了嗎？你一直做著本不該做的苦工，替它們傳粉。即便是那點微薄的蜜，也要靠你自己費力來採。」

蜜蜂悠悠地從螞蟻頭頂掠過，頭都沒偏一下。

「真是傻。」螞蟻搖搖頭。

蜜蜂落在花蕊中央。

「苦工？」他笑道，將花粉小心翼翼地掛在腿上。「遍山的花，都是它們送給我的禮物；漫天的香，都是它們送給我的禮物；滿心的蜜，都是它們送給我的禮物。」

「而你得到了什麼呢？真是傻。」

「乘客們坐好了！」蜜蜂歡呼著，揮動著翅膀。「起飛！」

稻草人

稻子越長越高，終於結出了果實。

一片金色中，新加入的稻草人暗淡無光，與外界格格不入。

「嘿，你好！」稻草人笑咪咪地說道。

周圍的稻子似乎是嫌棄他，都不願意接話，躲得遠遠的。稻草人卻絲毫不在乎，只是一言不發地笑著。

時間轉瞬即逝，稻子逐漸被壓彎了腰。一片歡喜中，一道陰影遮住了陽光。

一隻隻飛鳥降落、衝刺，鋒利的喙撕扯著稻子的身軀，將稻穀扯下。食穀鳥早已飢腸轆轆，這便是牠們大快朵頤的宴會。

枯黃的身影倏然出現，衝散了鳥群，它怒吼著，如同威嚴的王。食穀鳥驚慌地揮動翅膀，頭也不回地逃走了。

稻穀順利成熟，與稻草分開。米種在第二年春天被埋入土壤，枯草則被紮成了人形。

那天陽光明媚，翻滾的金浪中新加入了一點格格不入的枯黃。稻草人望著避開它的稻子，臉上綻放著笑容。

「嘿，你好！」

企鵝

企鵝與北極熊相依為命，玻璃窗外，是無數來參觀的人。

「我怕。」企鵝道，人類的視線彷彿一把把刀子，將牠刺穿。

北極熊抱著企鵝，轉過了身。軟軟的肚子包著企鵝，傳遞著溫暖，好似陽光下的海水。

遊客們漸漸失去了興趣，散開去了其他場館。

「想回家嗎？」北極熊問。企鵝點點頭。

那是一個月明星稀的深夜，企鵝被叫醒。牠睜眼，面前的北極熊向牠伸出了手。

北極熊將企鵝甩上後背，衝出了動物園，在空無一人的街道上狂奔。到了碼頭，北極熊將企鵝藏進了極地科考船。

「我個子太大，進不去。」北極熊望著企鵝伸出的手，笑著搖頭道：「我等到大船來了再走，你要來找我。」

兩艘船，一艘去了南極，一艘卻開往北極，企鵝回到家園時，才意識到這一點。

暴雪中，一隻企鵝逆風前行，厚重的皮毛在狂風的侵襲下如若無物。極夜深沉黑暗，牠瑟瑟發抖，卻仍未停止步伐。

終於，牠見到了海，猛地一躍，向前游去。

陽光突破雲層，照在海面上，海水包裹著牠，讓牠想起了北極熊的肚子。

「還要走很遠呢。」牠喃喃道，一往無前。

蒲公英

一陣風吹過蒲公英，無數種子隨風飄起。

它們嬉鬧著，歡笑著，向著遠方飛去。

「我希望落到最肥沃的土地中。」最小的那顆種子張開白色的小傘，在心中默默祈禱。每顆種子都抱著同樣的想法，它自然也不例外。

風將種子們吹得四散，落在不同的地方，只剩下了它。它飄了很久很久，最終落入泥潭。

淤泥抹黑了它的小傘，它掙扎著，卻飛不起來，只好默默地啜泣。

「孩子。」泥潭邊的柳樹微笑著開口：「當我還是一顆種子的時候，這片泥潭是現在的兩倍大。」

「不要讓這裡成為你的終點。」

陽光穿過樹葉灑了下來。種子感覺身下的泥潭，似乎變得堅硬了一點。它擦乾淚，點了點頭，努力將根系向下伸去。

一代又一代，蒲公英的種子落入泥潭，泥土變得愈來愈堅實。

又是新的一年，風帶來了一片楊絮。

它躲在泥潭邊緣的角落，默默啜泣。
「孩子。」
泥潭邊的蒲公英，微笑著開口。

不凍港

摩爾曼斯克港，北極圈中最大的港口之一，每年冬天，海水總會凍得結實。

頭髮花白的老人穿著厚厚的衣服，守著燈塔，輕輕啜飲著伏特加。

極夜來臨，冰蓋漂浮，總要有一個人點燃燈火。

一聲哀鳴從遠方傳來，老人打了個冷戰，站了起來，向遠處眺望。

一頭抹香鯨擱淺在碎冰之中。

老人輕車熟路地取過鎬頭，頂風出去。冰蓋碎裂，抹香鯨得以逃生。

「第四十二條，還真是不讓人省心啊。」老人望著遠去的鯨魚，笑著說道。

老人故去，被葬在燈塔之下。那指路的燈無人點燃，整座港口的航運陷入了困境。

一天夜裡，聲聲鯨歌響徹了港口。冰蓋碎裂，然後化開。

「沒有燈火，你一定會冷。」鯨群聚在燈塔之下。

「看啊，我們帶來了北大西洋的暖流。」

血糖

女孩躺在病床上，看著手中的病歷，深深地嘆了口氣。

糖尿病，這種老年病，卻被年輕的她患上。連帶著些許貧血，令她焦頭爛額。這已經是她一個月內第二次暈倒了。

女孩是孤兒院的義工。

最近有個青年總在孤兒院門口站著，似乎在謀劃著什麼。她難以入睡，精神便也委頓下來。

女孩回到孤兒院時已是深夜，孩子們早就睡了。她又堅持著查了一遍床，靠在椅子上。

一道黑影從牆邊翻越。

女孩急忙取過手電筒，跑了過去。沒想到那黑影也焦急地向她跑來。

「妳沒事就好，妳沒事就好！」皮膚白皙的青年高興地拍著女孩的肩膀，舒了口氣。

「喏。」青年掏出一疊錢，塞到女孩懷中。「妳不要總管孩子，也給自己補一補！」

「你是誰？」女孩一愣，出聲問道。

「那個……我是附近的血族……」青年扭扭捏捏，偏開了頭。「妳的血……好甜……」

蓮藕

淤泥中，幾節蓮藕深埋其中。三尺淨植鑽出水面，托著花萼。黑暗包圍著藕，它努力著，撐住沉重的蓮花。一年又一年，它從稚嫩變得衰老，它的身軀粗糙，卻愈加堅實有力。

男孩摸索著，用力一挖，將藕從泥中挖出。陽光穿透藕身，填充了它滿是缺口的心。

「媽媽，為什麼蓮藕裡面是空的？」小男孩天真地揮舞著手中的藕，跑到母親身邊問道。

女人揉了揉男孩的頭髮。她微笑著，雙眼瞇成彎月。

「看到那些蓮子沒有？每當一顆蓮子生出，蓮藕便會缺少一點，作為代價，化成蓮花的色彩。」

「藕由蓮子長成，也曾花開。那些色彩，是它們生命的流逝，同時也是延續。」女人頓了頓，指著自己眼角的紋路。「你看，這也是笑的代價。」

「它叫作傳承。」

狼牙

那是母狼與熊的戰爭，只要一方倒下，獵人出手的時機便會到來。他有足夠的信心，將二者同收囊中。

獵人等了很久，終於，母狼又一次被熊拍倒後，沒能站起。獵人張弓，箭矢飛射，刺入熊的後心。他笑著上前，準備收回獵物。

一聲稚嫩的狼號傳入他的耳中。他舉弓，瞄準了聲源。一隻牙還不齊的小狼閃躲著，鑽到母狼的懷中。

獵人突然明白了母狼為何不逃。

他嘆了口氣，放下弓，從腰間抽出一柄匕首，插進熊的頸間。汩汩血液流了出來，小狼蹣跚著上前，輕輕舔舐。

獵人空著手離開。

他依舊在森林中活動，年紀逐漸大了。又一次捕獵時，他失足跌落山下，失去意識。他醒來時，早已天黑。幾尺外，是十數對散發著幽光的眸子。

為首的巨狼向獵人逼近，齜出一口缺了一顆犬齒的牙，面容可怖。獵人被嚇得後退，直到後背抵到山石。

巨狼的眼睛微微瞇起。牠低了低頭，放下一件東西。然後牠長號一聲，帶著群狼離開。

月光下，獵人看到一顆如匕首的長牙粗糙地嵌在木柄之上。木柄上留有不規則的爪印，依稀可以想像製作者笨手笨腳的樣子。

禮物

女孩靠在病床上，手中拿著吉他，對著窗外輕輕彈奏。琴聲從窗縫溢出，飛向天空。女孩在這家醫院已經住了很久，早就知道自己病情的她，已經不再抱什麼希望。她只是想在這個世界裡留下些痕跡，哪怕只是一點點聲音。

窗沿的鳥悄悄探著頭，望著女孩的臉龐。

掃弦停下，女孩放好吉他，重新躺下。夏日的陽光灑在她身上，留下一抹剪影。她日復一日地彈著。

那天下午，女孩一曲未完，琴弦卻先一步失了聲。吉他落地，摔斷了柄。她的視線一片模糊，感覺如墜深淵。

再醒來時，天氣陰霾，心電監測儀記錄著女孩的心跳。

「吉他斷啦。」女孩望著天花板，輕聲說道。

一道驚雷劃過天空，照亮了她的臉頰。驟起的風拂過樹葉，發出沙沙的聲音。僅是瞬間，水滴便打在屋簷上，叮咚作響。

女孩轉頭，幾隻渾身溼透的小鳥立在窗沿，吹響了婉轉的哨聲。

音樂悠揚。其實，夏季的每一場雨，都是上天回贈給希冀美好之人的禮物。

黑白無常

「收了你，任務就算完成了。」黑無常一甩鎖鍊，纏住了遊蕩的孤魂，將其收入葫蘆。

「運氣真好，最近都遇不到頑抗的小鬼了。」他笑咪咪地自言自語：「這樣一來，今年就又會勝過哥哥。功德簿上多記一筆，升入天庭就指日可待了。」

數十里外，白無常把孤魂的訣別信塞入門縫，滿意地拍了拍手上的灰。

「這次的遺願還算簡單。」他抬頭望了望太陽，又微微皺起眉頭。「小黑那個笨蛋，不會這樣還捉不到吧？」

「你也真是肯吃苦。」黑無常搖頭。「一千年的苦工，換那麼一天，值得嗎？」

男人笑了笑，沒有回答。

他跟在黑無常身後，進入復生殿。殿內空曠無比，只有判官一人坐在椅子上。

「你可以選擇回到生前的任何時刻、任何地點。」判官等他站定，開口：「但代價是一千年。」

男人點了點頭。

「條款你也應該看了。所有的一切，你只能經歷，任何對於原本世界的改變，都是不被允許的。」判官說道：「即便這樣，你也確定要回去嗎？」

「我確定。」

判官嘆了口氣：「告訴我時間和地點吧。」

「二〇〇八年五月十二日十四時二十八分〇四秒，我在公司。」男人站直身子，眸子閃亮。

「讓我回家。」

斑馬線

週末，孩子們都放了假。大街小巷，盡是歡聲笑語。

男孩也是這個隊伍中的一員，他剛從捉迷藏的地方出來，他的朋友便已經跑出去很遠。

「喂！不要跑！」男孩叫道，急忙追趕自己的朋友。

跑到馬路旁邊時，紅燈剛過，男孩焦急地衝了出去，一輛車轉彎，直向他撞來。

司機大驚失色，急忙踩下煞車。男孩腳下不穩，朝後退了兩步，跌坐在地，將將避開，只是輕微擦傷。

「哎唷，胸口好痛。」男孩摸著胸口齜牙咧嘴。「明明沒被車碰到的。」

藏在斑馬線中間的黑白無常收回同時抬起的腿，擦了擦汗。

「這是今天第六個了，這群小兔崽子就不能看著點車嗎？」

中元節

「中元節，會有很多很多鬼嗎？」中央大街十五號的一間臥室中，小男孩面露恐懼。

「媽媽，我怕。」

白無常倚在窗外，掏出筆，記錄下最後一個地點。

同一時刻，很遠處的黑無常，正站在鬼門前的廣場中央，宣讀著最後的注意事項。

「……中央大街十五號附近，以上六十五個地點不要去，其他隨意。」黑無常看著手中的小本子，強調：「一定要記住，聽明白沒有？」

說罷，他拉開鬼門。

「黑無常哥哥，為什麼這些地方不能去呀？」小女孩跑到黑無常身邊，好奇地問道。

「因為生人怕鬼。」黑無常解釋：「雖然外貌一樣，但畢竟幽魂是飄行的。你們去了難免會被發現，只好委屈一下了。」

小女孩有些沮喪地低下頭。遊樂場也是黑無常劃歸的禁地，甚至因為恐懼鬼魂的人數太多而被重點提示。小女孩想去那裡，而且計畫了很久，這下，算是徹底泡湯了。

鬼門前的廣場已經空了，僅剩下小女孩，迷茫地不知去哪兒。

黑無常看在眼裡，搖了搖頭。他走到小女孩的面前，蹲了下來。

「哇，好厲害！」

遊樂場裡，女孩望著呼嘯而過的雲霄飛車，驚喜地揮舞雙臂。

「喂，妳不要亂動。」黑無常藏在袍子下面，小聲朝騎在自己脖子上的女孩喊道。

「扛著妳很累的。」

牛頭馬面

畫師最喜牛也最擅長畫牛，畫技極強，栩栩如生。他的摯友也做畫師，素材卻與他不同，是畫馬的一把好手。

兩人自小結識，惺惺相惜，唯一的衝突便是互相都認為自己所喜愛的素材天下第一，對方的一無是處。

又是一場論戰，畫師依舊把摯友所喜愛的馬貶得分文不值。兩人都喝了酒，討論逐漸變為爭吵，激動處甚至差點動了手。終於，摯友憤恨地說出了老死不相往來的話，拂袖離開。

第二日清晨，畫師酒醒，後悔不已。他幾次寫信給摯友道歉，卻始終沒收到回覆。兩人就這樣斷了聯繫。

二十年過去，畫師蒼老了許多。這二十年裡，他日夜煎熬，內心歉疚。終於，他決心畫一幅《馬相圖》作為賠禮贈給老友，以求修好。

畫師變賣了家產，去了草原，終日與馬為伴。他觀察著馬身上的每個細節，練習無數次。他所畫的馬越來越精巧，越來越栩栩如生，甚至超越了當初自己摯友的水準。五年後，最後的畫作終於完成，他帶著畫卷上了路。

那年的冬天超乎尋常地冷。年歲已長的他在途中患了風寒，不等走到好友的家中，便在半路病死。

畫師被黑無常領著進了冥殿，準備接受審判。等了半晌，一個戴著牛頭面具的鬼差拿著一卷寫滿了畫師生平的竹簡，推開了冥殿盡頭的門。

原本委靡不振的畫師看到牛頭鬼差之後猛地站了起來，啞然半天才顫抖著激動地說道：「這是完美的牛相！能看到如此之作品，我便是死也值了！」

黑無常輕咳一聲，示意畫師安靜。接著，牛頭宣讀了審判結果。令畫師驚訝的是，自己竟然被選中了做牛頭的搭檔。

「嘿，牛頭大人倒是幫了我的大忙了。」殿後，準備上任的畫師拿著一只馬臉面具對自己的搭檔笑道：「我把我的畫作鑄成像您這樣的面具戴在臉上，等到我的摯友來時，就可以用這種方式給他看了。」

「他看了一定會像我一樣——」

話未說完，畫師突然愣住，意識到了什麼。他猛地轉身看向身體微微顫抖的牛頭，手中的面具掉在地上，發出「噹啷」的聲響。

騎士

騎士跟隨了公主許久，他們互相愛慕，但身分的差距，卻是難以跨越的鴻溝。
不知是幸運還是不幸，巨龍將公主擄走了。
對騎士來說，這似乎是天賜的表現機會。騎士收拾行裝，拿起利劍，踏上了征程。
城堡下，他衝向巨龍。巨龍吐息衝過，接連一個甩尾將他打飛出去。騎士受了重傷，頹廢地拎著斷劍，轉身離開。他忍著痛，挖開泥土，葬下了自己的劍。
劍塚，意味著一名戰士的永別。
巨龍望著遠去的騎士，得意洋洋。
「哪，連你也要阻止我們。」
公主將長裙撕短，拿起利劍，躍上了巨龍的頭顱，狠狠地刺了下去。
一雙長腿出現在騎士的面前。
「挖出你的劍，娶我。」

仙人掌

又有一隻小蟲被嚇跑，即便仙人掌剛剛救了牠的命。仙人掌嘆了口氣，挺著胸膛，孤獨地站在烈日之下。

他的身上長滿尖刺，一不小心就會傷到別人，這使他受到排斥，常常獨自一人。

刺蝟從他旁邊經過，看到了仙人掌落寞的身影。

「喂，小子。」一個聲音從仙人掌的身後響起。

他回頭，發現是一隻刺蝟。

「你在叫我？」仙人掌有些驚喜，從出生起，他就沒有過朋友。

「對。」刺蝟點點頭。「想不想做點事情？」

「當然想，可是我的刺……」

「別廢話，幫我釀酒。」刺蝟打斷了仙人掌的話，從後背拽下一串葡萄，按到仙人掌的身上。

刺蝟轉身，臉上掛了一抹微笑。

「可你的心是軟的，心軟的人，都該有朋友。」

月亮

小鳥一直嚮往著天上的月亮，牠的夢想，便是能碰觸月身，嗅一嗅月亮的味道。學會飛行的那個夜晚，小鳥穿過層層積雲，振翅向上。

隨著高度的增加，氣流的阻礙愈來愈強。小鳥耗盡了力氣，也沒能接近月亮一絲一毫。

一陣風吹過，倒折了小鳥的羽毛。牠搖搖晃晃地墜下，落入一處寺院，砸中了正打坐念經的老和尚。

「對不起，我不是故意要打擾你念經的。」小鳥難過地垂著腦袋。「我只是想知道月亮的味道，卻不小心被風吹了下來。」

老和尚笑著搖頭，一邊安慰，一邊小心翼翼地捧起小鳥，為其包紮。

包紮完後，他轉身離開。再回來時，他提著一瓶香油。

老和尚把香油倒在手心，在頭頂抹勻。他的光頭被塗得發亮，彷彿一面鏡子。

一輪月影在上面出現。

老和尚蹲下身子，探頭向前。

「你聞，月亮是香的。」

骨頭

「你蹲在這裡很久了。」將軍望著面前髒兮兮的小狗，無奈地說道。

小狗吐著舌頭，尾巴一甩一甩，眼巴巴地盯著將軍的桌子，口水一滴一滴地落在地上。

「老子都快吃不起了，還要分給你。」將軍咬牙切齒。他抓起桌上的肉骨頭，扔了出去。

小狗竄出去叼住骨頭，叫了兩聲，轉身跑遠。

又一場戰役結束後，將軍再次來到了餐館。吃到一半時，衣角被什麼東西扯動。他抬頭，還是那隻小狗。男人無奈地聳肩，扔出一根肉骨頭。這次小狗沒有離開，而是叼著骨頭跑了回來。幾次之後，餵食變成了習慣。

那天夜裡敵軍偷襲了營帳，將軍上馬，匆忙應戰。他執著長槍，斬殺一個又一個敵人。飛箭射倒了戰馬，將軍摔下，長槍打著旋兒飛出。他憑著短刀戰鬥，逐漸落了下風。

「汪！」

又一次斬殺敵人後，將軍聽到了熟悉的叫聲，他一愣，猛地回頭。

火光下，小狗搖著尾巴，嘴中叼著一杆長槍。

金魚

家裡新添了魚缸，小貓蹲在魚缸前，視線緊緊跟著游來游去的金魚。女孩笑咪咪地摸著貓的頭，道：「等魚長大了，就送給你吃。」

小貓回頭，似是答應般地喵喵叫了一聲。

時間一天天過去，魚長得越來越大，小貓每天都跑到魚缸前觀察，催促女孩餵食，彷彿巡視著草場的牧民。

夏夜，女孩被熱醒。睡眼矇矓地摸著床頭的水杯。

她一伸手，不小心將杯子打翻了。水灑到延長線上，電光閃了幾下，火苗瞬間便點燃了屋子。

女孩驚醒，急忙切斷電源，火勢越來越大，轉眼間已經蔓延到了門口。

一身焦味的少年闖入，他拎起了魚缸，撲滅了門口的火，拖著女孩跑了出去。

兩人剛剛站定，女孩的後腦杓便挨了一巴掌。她詫異地回頭，少年一臉委屈，說話的聲音都帶著哭腔。

「妳賠我的金魚！」

幽靈

「雲上面是什麼樣子呢？」男孩撐著下巴，好奇地望著天上的雲，眼睛一眨一眨。

他正想著，突然間眼前閃過一道黑影。

「啊！」幽靈猛地跳出，大叫一聲。

男孩一臉好奇地與他對視。

幽靈在空中飄著，動作僵住，臉色漸漸變得難看。

「你這樣是對我鬼格的侮辱。」幽靈說道：「今天的業績如果達不成，全城的鬼都會嘲笑我，你讓我面子往哪兒放？」

「你會飛？」男孩開口問道。

「啊？」幽靈一愣。「會啊……」

男孩騎在幽靈的身上，歡呼著穿過雲層，天空中繁星點點，映在他的眸子裡。

「說好了啊。」幽靈不放心地提醒：「一會兒下去裝也要裝出被我嚇一跳的樣子！」

麋鹿

麋鹿羨慕地看著大樹，上面有很多鳥窩，一隻隻小鳥嘰嘰喳喳，飛上飛下。

麋鹿在樹下繞了很久。

「怎麼才能吸引到小鳥呢？」牠望著樹梢，默默地想。「是因為樹上的鮮花嗎？」

麋鹿撒開蹄子，跑到森林深處。牠撿了很多很多葉子和花瓣，把它們歪歪扭扭黏在頭頂。

麋鹿小心翼翼地藏在樹後，伸出一對長角。

一隻小鳥落在上面。

「哇，好美的花！」

無數小鳥飛了下來，嘰嘰喳喳。

最初的小鳥啄了啄麋鹿的耳朵。

「你偽裝得好差呢。」

懷錶

據說只要拿一塊懷錶在眼前來回晃動，就會催人入睡。被催眠的人會陷入時間的長河，即便僅僅是度過了幾秒，都彷彿有數小時一般。

男孩小心翼翼地把懷錶繫在架子上，側向一邊。他深呼吸，輕輕鬆開了手。

懷錶落了下來，左右擺動。

時間一分一秒過去，男孩死死盯著懷錶，眼珠左偏一下，右偏一下，直到懷錶不動，靜謐的空間裡只能聽見滴答的聲音。

「我怎麼還沒被催眠？」男孩嘛起小嘴，疑惑地抓了抓後腦杓。

他重新拿起懷錶，鬆手時，加大了力氣。

懷錶快速地擺動，這次，錶針慢了下來，甚至開始反向轉動。

「成功了！」男孩差點跳了起來。

「喂，你！」懷錶突然出了聲。

「你別晃了，我要吐了……」

兩軍

邊塞的綠洲旁，坐落著一家客棧。老闆鬍子花白，釀的米酒堪稱一絕。從二十年前戰爭開始，跑來店裡蹭酒的兵痞便源源不斷。

他倒也不生氣，只是邊關混亂，胡漢兩軍又都饞他釀的酒，在店中相遇，免不了相互叫罵甚至砍殺。

這時，老闆就會偷偷打開後門，放走失利的一方，又叫勝方一聲兵爺，送上兩罈好酒，安撫陪笑。

如此數年，相安無事，直到一夥新來的馬匪闖進大漠。他們趁著關外戰事嚴峻，洗劫綠洲。

馬匪們衝入客棧，掀桌打砸。老闆心疼地上去阻攔，被一腳踹開。

「拿錢來！」馬匪拽著老闆的頭髮，按在桌面上。

兩軍作戰的擊鼓聲突然停了。

不一會兒，客棧的門被狠狠撞開，身著兩身不同軍裝的士兵湧了進來。

「老頭兒，今天後門就不用開了。」為首的兩位將軍互相啐了一口，異口同聲道。

魔王

一對夫妻開了家茶鋪。

老闆是個歸隱的俠客，也不知是誰多嘴，他年輕時的種種事蹟，莫名被傳了出去。

「爺爺，聽說你年輕的時候，是遠近聞名的勇士！」幾個男孩纏住老人，眼中似要蹦出星星。

「那是！」老人喜上眉梢，顯然是對當初的自己相當自豪。

他把手中的茶碗拍在桌上，說道：「那時群妖遍野，是我一人領兵圍剿。所降妖魔不知凡幾，就連那魔王，也敗在我的手中。」

「世界上真的有大魔王？」幾個男孩驚奇地問道。

小孩子們崇拜的眼神讓老人有種回到二十年前的感覺。他捻了捻鬍子，自得道：「當然有。」

「大魔王長什麼樣子呀？」

「嘖嘖，那可是了不得。」老人咂了咂嘴。「青面獠牙，喜食魂魄，凶惡狡詐，那……哎唷！」

他的腰被狠狠掐了一把。

老人齜牙咧嘴地回頭，正對上妻子玩味的眼神。

「那……那當然都是世人的誤解！我給你們講啊，這個大魔王可是個美人，她明眸皓齒，秀外慧中……」

西瓜

少年撞鬼了。

僅僅是買水果的工夫，再次回到家，室內就明顯多了一股陰寒氣息。最初少年還不在意，直到關上了房門，才知道為時已晚。

那是個面目凶惡的厲鬼。

他猛地撲了上來，眼看就要抓住少年，卻在少年面前突然緊急停住。一人一鬼，面面相覷。

「買的……西瓜？」厲鬼裝作漫不經心的樣子瞥了眼少年手中的袋子。

少年點點頭。

厲鬼一把奪過西瓜，想了想，又分成兩半。「一半歸我了。」

「你不吃我？」男孩擦了一把冷汗。

「你比西瓜好吃？」厲鬼翻了個白眼，他將一半西瓜放在懷中抱了一下，然後歸還。西瓜冒著涼氣，光是看著，暑意都消了大半。

「喏，還你半個，冰鎮當作另外半個的報酬。」

「等等！」他又道，然後從背後掏出把杓子，挖走了西瓜最中間的那一口。

小乞丐

小乞丐被凍得瑟瑟發抖，他身上只剩兩件單衣，根本抵擋不住寒冬的侵襲。

他團著身子，期待著雪停。

街角跑過來一隻雪白的小狐狸，向小乞丐求救，小乞丐想了想，把碗翻過來，將其扣在下面。

不一會兒，又跑來個道士。

「這兒跑過去一隻狐狸，你看沒看到？」道士問。小乞丐搖搖頭。

「喏。」道士從懷中掏出一錠銀子，顛了顛。「你要是告訴我那隻小狐狸去哪兒了，這錢就是你的了。你可以買套新衣服，吃一個月的熱騰騰飯菜。」

小乞丐的眼睛都直了，他咬咬牙，搖了搖頭。「我真的不知道。」

道士失望地把銀子收回，轉身離去。

過了好久，小乞丐偷偷掀開碗，小狐狸竄了出來，撲在他的身上，化為一張狐裘毯子。

「我沒有銀子，我給你遮風擋雨，好不好？」

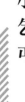

玩具騎士

男孩得到了一個玩具騎士，騎士手執兵刃，戰意凜然，只是缺了一套合身的鎧甲。

兒童節那天，男孩拿著積攢下的零用錢，興匆匆地跑去商店，卻意外地發現，櫥窗上寫著年幼的他根本難以負擔的高價。

「如果能有一身鎧甲，騎士就可以為我抓條龍來。」男孩憧憬地說道，卻只能無奈地搖搖頭。

他越長越大，幾次搬家後，那騎士也不知被丟在哪兒了。

直到十年以後，偶然的一次打掃中，男人找到了年幼時的箱子。

「啊，好久不見。」男人看著顏色已經變淺的騎士，懷念道。當天晚上，他下班回家時，手中多了一個盒子。盒子拆開，是一套小小的銀甲。

男人把銀甲套在騎士的身上，輕道了一聲：「兒童節快樂。」

夜深，突然傳來一陣敲窗戶的聲音。男人睡眼矇矓地下床，走到窗邊，打開窗戶，有銀甲在月光下閃耀。

一名高大的騎士翻窗而入，手腕一抖，甩進來一條飛龍。

飛龍摔在地上，哼哼唧唧地。
男人目瞪口呆。
騎士把右手置於胸口。
「主公，兒童節快樂。」

火柴

女孩在寒風中瑟瑟發抖。

一位神路過，有些於心不忍。

「孩子。」神蹲下身子，遞給女孩一盒火柴。「這盒火柴送給妳，妳每點燃其中一根，我就實現妳一個願望，妳要善用。」

女孩點點頭，她想了想，劃著了一根火柴。

「我想要一隻燒雞。」她說道。眨眼間，一隻燒雞出現在她的眼前。女孩眼前一亮，又點燃第二根火柴。

「我還要一隻燒雞。」

燒雞又一次出現，神的眉頭輕微地皺了皺。

「我想要一個溫暖的家。」女孩喃喃道，又點燃一根火柴。

許願聲剛落，遠處街角走來一對夫妻。他們發現瑟瑟發抖的女孩，將其帶回了家。

火爐旁，女孩又一次興高采烈地劃火柴，將其點燃。神從火焰中出現，道道火光襯得女孩的小臉通紅。

「孩子，這將是妳最後的許願機會。」神的語氣帶著些許惱怒，祂有些後悔將火柴送給這個貪得無厭的人。

「你來啦！」女孩的雙眼瞇成彎月。「快來這裡取暖，這裡好暖和的。」

說著，她從懷中掏出兩隻燒雞，將其中一隻遞給神。

「給你留的，在這裡吃，就不會吃壞肚子啦。」

小狗

「喏，慢點吃。」

女孩從鍋中撈出煮熟的豬骨，遞給剛撿回來的小狗。

小狗撲上去，叼起骨頭，跑到牆角大快朵頤，髒兮兮的尾巴左右搖著，抖落灰塵滿地。

「你身上好髒……」女孩撇了撇嘴。「快吃，吃完給你洗澡。」

小狗抬眼望了一下，尾巴抖得更歡了。

小狗就這樣住下了。牠格外聰明，每天伴著女孩。唯一的缺點，就是食量大了點。

時間轉瞬即逝，最近一段時間，市裡發生好幾起入室殺人案，死者均是被抽乾血液，極其悽慘。

又一次餵食後，女孩依照新聞的提示，去鎖窗戶。一道黑影抵住窗框，玻璃破碎，面色蒼白的男人闖進屋子，齜出鋒利的長牙。還未等他進一步動作，一隻手掌迎面按住他的臉，狠狠摜下。吸血鬼的頭顱撞在地上，在瓷磚上留下裂紋。

「你惹錯人了。」

小狗化為狼人，目光如劍。

黑貓

黑貓悄無聲息地出現，放下已經死掉的獵物。

少年如往常一般在牆角等牠，見牠過來，眼睛一亮，又一黯。

「這可能是我最後一次來看你啦。」少年把魚乾放在黑貓身前的破碗裡，輕聲嘆道：

「我是來向你告別的。那狗官終於來了，我要為我死去的父母報仇。」

黑貓喵了一聲以示瞭解，慵懶地舔著毛。

少年苦笑著搖頭，轉身離開。

當天夜裡，少年孑然一身，執劍刺殺貪官。利劍刺穿貪官的胸膛，血濺三尺。

貪官臨死前的叫聲驚動了護衛。奔逃中，一枚箭矢射中少年的小腿，將他撂翻在地。

數十人包圍了少年，為首的那名護衛抬手揚刀，凶狠落下。

兩根手指捏住了刀背。

黑衣男子悄無聲息地出現。他所經之處，護衛紛紛倒了下去。眨眼間，竟是不剩一人站立。

「小子，學藝不精啊。」慵懶的聲音響起，黑衣男子縮小成一隻黑貓，跳躍遠去。

「每日魚乾照常。」

蛋黃粽子

小飯團和鴨蛋小姐青梅竹馬，儘管族類不同，但也從不在意。直到長大。
「我要走了。」鴨蛋小姐突然說道：「懷璧其罪，我的心是其他人覬覦的寶物，我不能連累你。」
小飯團拉住了欲逃走的鴨蛋小姐，搖了搖頭。
鴨蛋小姐有些猶疑。
「相信我。」小飯團語氣堅定。
鴨蛋小姐嘆了口氣，將紅橙色的心取出，交到小飯團的手中。
小飯團把蛋黃抱在懷裡，朝著遠處逃跑。
巷子盡頭，十數飯團圍住他，詢問鴨蛋小姐的去向。
「我不知道。」
雨點般的拳頭落在小飯團的身上，他強咬著牙，忍住痛楚。
「老大，他應該是真不知道。」
飯團們恨恨地瞪他一眼，轉身離開。

「妳看，我就說我會保護好妳的心。」
粽子渾身捆滿繃帶，咧嘴傻笑。
「現在，它屬於妳了。」

長頸鹿

每隻長頸鹿，都是草原上的移動 Wi-Fi，每一隻頭上都有著兩顆小圓柱一樣的路由器。

牠也一樣，無數動物以他為中心，圍著牠前往各個地方。

長頸鹿喜歡身邊的每一隻動物，牠總是努力站得更高，方便牠們獲取信號。

那一天，小圓柱壞了。

長頸鹿跑了很久，躲在山洞裡小聲啜泣。牠不願見到那些動物離開的背影，山洞裡冰寒刺骨，一如牠的心情。

篤篤篤……

洞口的岩壁被敲響。

「是你嗎？」一個熟悉的聲音不確定地問道。

長頸鹿抬頭，數百隻動物堵在洞口。

「你們……沒走？」

動物們紛紛搖頭。

「有些東西，比 Wi-Fi 重要呀。」

老不死

西安城內的一條小巷裡，女孩輕輕踏著月光。

自從上了高三，下晚自習的時間便延長到了十點。小巷隔一條街就是酒吧，女孩每天都要先小心翼翼地避開那些散著酒氣的人，才會朝著家的方向前行。

今天本應仍是如此。

女孩輕快的步伐停了下來。巷子裡，四、五個明顯喝多了的男人將她圍在中間。為首的男人盯著女孩露在衣領之外的鎖骨，笑了笑，探出了手。

「小妹妹，這麼晚了，一個人呀？」

然後，手腕被人捏住，不得進退。

他的身後，一位鬢髮皆白的老人皺起眉頭。

青年甩開老人的手，惡狠狠地指著老人的鼻子道：「老不死的，別管閒事！」

老人一愣，眸子裡閃過一道寒光，瞇起雙眼。

「不愧是咸陽，果然藏龍臥虎。」老人後退一步，拱手說道：「閣下居然這麼容易就看穿了我長生的祕密。若是只有我一人，恐怕還真要吃虧。」

「什麼玩意兒，你神經病吧？」

「王齮（註1）！」老人揚聲叫道。瞬間，無數秦甲戰士在他身後出現，手執兵刃，殺氣凜凜。

「白將軍，末將聽令！」

「盡量別弄死。」

老人轉身，面容慈祥地說：「走，女娃娃，我送妳回家。」

註1 王齮：秦昭襄王的將軍。秦攻趙的長平之戰中，王齮為副將，白起為主將。

耳後

小象避開了龐大的象群，遠遠地跑了出去。

象群中的數十頭大象無一不在水中，唯獨牠站在河邊，任誰喊牠，牠都彷彿未聞，巋然不動。

「你身上已經很髒了，應當好好搓洗！」母象揚著鼻子，向牠叫道。

「大家都在水中，這種雨季剛過、旱季未來的時候，可不是總能遇到。」

小象羨慕地看著其他夥伴，想像著水中的涼爽，最終還是堅定地搖了搖頭。

母象無奈地甩了甩鼻子，不再管牠，轉過身去，幫助其他小象清理皮膚上的汙漬。

過了好長時間，河中的大象開始逐隻出水。待自己的母親終於上岸時，被晒得發蒙的小象才如釋重負地呼了口氣，躍入水中。

「這樣媽媽就不會讓你們離開了。」小象把耳朵張開，幾朵小小的蘑菇躲在縫隙裡，輕輕低著腦袋。

「喏，給你水，快喝吧！」

數羊

男人躺在床上，一遍又一遍地數著羊。

最近工作忙得要死，本就消耗了極大精力的他，竟然連續失眠了好幾天。

「一隻、兩隻、三隻、四隻……」

一隻又一隻羊在男人的腦海中按照他數數的節奏跳來跳去。

隨著時間的流逝，羊不斷地出現又不斷地離開，後來甚至有些氣喘吁吁。

「三萬兩千四百七十一……」

「大哥，咱們還是打暈他吧，我受不了了。」

有聲音在男人的耳邊響起。

肩膀被捅了一下，男人猛地清醒過來。他睜開眼，好幾隻羊站在他的床頭前，均是一臉不耐煩。其中一隻拎著根棍子，不懷好意地掂了掂。

「下面還有四、五家，我們已經三天沒完成任務了，你說怎麼辦吧！」

另一隻羊瞟了瞟餐廳的方向，咳嗽了兩聲。餐桌上的塑膠袋中，裝著男人新買的水果。

「請你自覺一點。」

強盜

男人是出了名的地痞，撒潑打砸、調戲民女……

只要是惡事，幾乎做了個遍。村子裡每個人都唾棄他，他倒也不在乎，仍是渾渾噩噩地過著。

兩國爭鬥，戰火很快就燒到了他所在的村子。

男人拎了一把厚背砍刀，準備趁著混亂，殺人劫貨，發上一筆橫財。

他首先選擇的，就是村頭的孤老。

夜幕降臨，敵國的士兵闖進了村子。

男人藏在門後，打量其中一個，換上敵軍的服裝，混入人流。他把刀藏在背後，走近老人的家，準備踹開大門。

門先一步被打開一條縫。

「孩子，快進來！」老人一把將他拉入，緊緊地關上了門。

「外面全是敵國的軍隊，據說已經洗劫了好幾個村子了。」老人道：「你就算打扮成這樣，也遲早會被發現的。快從後門跑，離開村子，這木門擋不了太長時間。」

男人愣了一下。「你不怕我是壞人？」

老人氣急。「哪那麼多廢話，老子看著你長大的！」

男人拽過一把椅子，坐在了門前。

他從背後抽出刀，衝老人笑了笑。

「老頭，今天這門，誰也進不來。」

父親

少年的父親是守城將軍，戰功赫赫，無往不勝。

他自小便把父親當作偶像，立志要成為像父親那樣的戰士，獨當一面。每次父親迎敵，少年都站在城牆之上，遠遠地望著。

十六歲那年，父親在戰鬥中受傷，落下戰馬，摔斷了腿。

腿傷使父親難以為繼，他不再是獨立於陣前的將軍。退伍那天，父親的頭髮一夜花白。

又一場戰爭開始，少年向父親索要祖傳的古劍，意欲從軍，令他萬萬沒想到的是，父親拒絕了。

「孩子，看看我的腿，我更希望你平安，而不是——」

「懦夫！」他憤怒地打斷父親未說完的話。

少年還是不顧父親的阻攔，參了軍。

他手持劍盾，浴血殺敵。

敵軍的騎兵衝散了軍陣，其中一人盯上他，露出了一絲嘲笑。重鎚先是將馬拍翻，又砸向他的頭顱。

一道勁矢狂飆突進，射穿了敵人的胸膛。
少年回首，望向箭飛來的地方。
城牆上，鬢髮花白的父親，張弓搭箭。

獵手

男人是鎮子裡最強的獵人，弓箭用得出神入化。森林中，沒有他無法得手的獵物。

就在剛剛，男人射中了一隻狐狸。他如往常一般跑上前去，準備收取獵物。

然後正對上了一雙泛著淚光的眸子。

男人糾結了一番，罵了一句，把獵刀插回鞘裡，轉身離開。

沒想到剛走幾步，卻聽見了狐狸驚恐的叫聲。男人回頭，一隻狼自樹後撲來，眼看就要咬斷小狐狸的脖子。

千鈞一髮之際，他狠狠地將弓砸了過去，狼被砸倒在地，夾著尾巴逃遠。只是那把弓，因為受到重擊而折斷。男人心疼地摸著自己的弓，嘆了口氣，將小狐狸抱回了家。

在男人的悉心照顧下，小狐狸很快恢復了。男人也找到了木匠，準備修復他的弓。

清晨，男人醒來，準備拜訪木匠，卻發現弓和狐狸同時消失了。

「該死的小偷，早就知道信不得。」男人跑出家門，順著小狐狸離開的痕跡追蹤。

剛衝入林間的小路，一道紅色的身影便和他撞在一起。

男人踉蹌著摔倒，抬頭正要怒罵，卻正好對上了一雙泛著淚光的眸子。

「好痛……你的弓，我修好啦！」

熊貓

「喂，別想跑！」

飼養員無奈地衝了過去，一把將熊貓抓了回來，抱在懷中，說：「該稱體重了，不要亂動。」

熊貓掙扎著，用盡全力想要掙脫飼養員的束縛。好不容易，才稱量完畢。

「啊，又長胖了。」飼養員有點自豪地笑笑。

時間一天一天地過去，熊貓也漸漸長大成熟。

夜，月黑風高。幾個膽大的竊賊闖入了園區。

從財務室出來的他們剛好撞上了還未回家的飼養員。飼養員先是一愣，接著掏出手機報警。

為首的竊賊心狠手辣，掏出匕首，捅了過去。一刀下去，飼養員痛呼出聲。

又一刀捅了過去，就快觸到皮膚時，竊賊卻突然感覺腳下一輕，整個人向一側飛了出去。

竊賊嚇了一跳，強忍著痛，也顧不得落在地上的刀，急忙逃跑，然後被一把抓了回去。

黑白相間的龐大身軀將他抱在懷中，竊賊瘋狂掙扎，卻難以掙脫束縛。

「不要亂動。」

得失

汽車路過一片玉米地時，減慢了車速。男人搖下窗戶，望向地裡碩大的黑影。

「兒子，你看。」

男孩把頭探出窗外，是一隻狗熊。那隻狗熊正不斷摘著玉米，只是牠摘一個，之前捧在手中的玉米就會被落下一個。

「這就叫狗熊掰棒子，掰一個扔一個。」男人說道：「貪心不足，自然是想得到的越多，失去的也越多。牠這樣，手裡永遠都只有一個玉米。」

聲音從車窗散到外面，傳入狗熊的耳中。狗熊望著遠去的轎車，吐了吐舌頭，做了個鬼臉。

牠又握住玉米，用力拽下，剝開皮，扔到身後。

玉米落下，與地面相撞，玉米粒顆顆散落。

狗熊碩大的身軀後，是數十隻嘰嘰喳喳的小鳥，牠們緊跟其後，啄食著曾被包得嚴嚴實實的種子。

「失去便失去吧，我貪心的又不是玉米。」狗熊笑咪咪地望著小鳥，輕聲道：「是你們呀。」

小籠包

女孩拎著店裡剛蒸好的小籠包，推開了門。

「這可惡的天氣……」她抱怨：「簡直像是籠屜裡的小籠包，要被蒸熟了。」

女孩每天早上都會拎著早餐去孤兒院看那些孩子，這是她多年以來的習慣。最近天氣悶熱，她卻捨不得花錢叫車，仍是步行前進，落得個汗流浹背。

「省下點錢，可以給孩子們多買幾本書。」老院長每次問起，她都是這樣回答。

在一個十字路口等待紅綠燈轉換時，女孩手中的袋子突然抖動起來。她一愣，停下腳步，小心翼翼地把袋子拿到眼前，解開封口。

一個小籠包從袋中跳出，打在她的腦門上。

女孩驚訝地睜大雙眼，倒退了幾步，剛好在路邊絆了一下，摔倒在地。

一輛貨車呼嘯而過，與前面的車追撞，在馬路上留下一道輪胎擦過的印記。

女孩嚇了一跳，這才知道自己剛剛避過一場大難。

「是你……救了我？」女孩捧著手中的小籠包，難以置信。「為什麼？」

小籠包一躍，落回袋子中。

「因為妳是蜜糖餡的小姊姊。」

乘龍

「爸爸以前很強的哦。」男人總是這麼說：「想當初神龍都以我為尊。」

每當這時男孩就會撐著下巴，看著男人，目光中充滿崇拜。

天下大澇，河堤被衝垮，發了洪水。

「好大的雨，學校都被淹了。」男孩拿著書包，望著窗外，沮喪地說道：「也不知道我的同學都怎麼樣了。」

男人抬手，揉亂了他的頭髮。

晚餐後，雨稍稍小了。男人披上雨衣，遮住一半臉頰，走出房門。

男人踏著水，疾速奔行。地鐵站門口，他甩開雨衣，閃電照亮了他的側臉。

他走進無人的地鐵站，將手掌放在地鐵之上，輕輕道：「我回來了。」

車頭的燈光大亮，地鐵化為巨龍，一飛沖天。

雨過天晴，男人看著兒子蹦跳著跑進學校，輕笑著。

「我以前很強的哦。」

竊燭

廟裡的蠟燭沒日沒夜地燃燒著，並為此而自豪。

它受到大家的擁護，同時也回報以光明。一到夏天，就有無數隻小蟲繞著它飛。一切都趨近於它想像中的完美生活。

唯獨那隻小鼠。

牠總是趁其不備，毀壞廟裡的簾子，甚至當著蠟燭的面，偷走落在地上的燭油。

奈何蠟燭離不開燭臺，每次一發生這種事情，它都只能憤怒地大喊一句「你個小偷」，然後獨自生著悶氣。

終於，蠟燭燃到了盡頭，在這一天熄滅。它惶恐地發現，之前圍繞著它飛的小蟲，全都不見了蹤影。

小鼠又爬上了桌子。

「喂！你個小偷，又要偷些什麼？」蠟燭沒有底氣地叫道。

小鼠放下一根由蠟油和布片捏出的粗糙蠟燭，將僅剩的一節燭芯抱起，揉在頂端，輕輕道：「偷你。」

娃娃機

女孩站在娃娃機前，看著裡面的小熊。她掏出了攢了多年的錢，兌換了硬幣。

她自小體弱多病，性格也內向得很，從出生到十幾歲，始終形單影隻，不言不語。時間久了，孤孤單單的倒也習慣了。只是偶爾看著他人歡笑，莫名神傷。

遇見小熊時，那個傢伙藏在娃娃機的最下面，沒人願意費力去抓。女孩嘗試了幾次，花光了零用錢，也沒能抓到。它成了女孩唯一的朋友，每天放學，女孩都會跑來，與它聊到很晚。

終於，女孩攢了足夠的錢，決定把它抓出來。

硬幣一枚枚投入，女孩努力扳動操作杆，卻總也抓不到小熊。她急得落淚，可直到最後，也沒能如願。

「我一直在。」小熊安慰道：「只是緣分未到。」

女孩擦了擦眼淚，跑回了家。之後的每個月，她都會再嘗試一次。

第十年，女孩又一次把硬幣投入其中，卻仍然沒能成功。

「你還在。」她道。

「當然。」小熊笑。「我雖然不能主動被抓，但如果我不想，也沒人能抓到我。」

「可是我永遠也學不會抓娃娃。」女孩也笑。她掏出一張信用卡，遞給服務生，然後將櫥窗狠狠砸碎！

「不好意思，這臺娃娃機，我買下來了。」

西瓜開門

Jack來中國留學，已有兩年時間。無論書法還是京劇，只要與中國有關的東西，他都會上手學學，鑽研一番。只有一個問題，令他百思不得其解。

超市里，Jack又一次看到有中國人敲瓜的情景，終於再忍不住好奇。

「為什麼要敲？」他開口問：「無論你敲多少次，也不會得到回應啊……」

敲瓜的大媽抬起頭，聳了聳肩。「外國人懂什麼，敲西瓜是為了看看是不是熟了。」

Jack愣了一下：「是不是熟了？這也能靠敲看出來？」

大媽微微一笑，沒有回答。

Jack找了一個看上去最大的西瓜，彎曲手指，用力敲響。砰砰砰……沒什麼特殊。

他又找了另外一個西瓜，敲了幾下，還是同樣的砰砰聲。

「是次數不夠多？」Jack疑惑地嘟囔，接著，伸手敲了幾十下。

西瓜猛地炸開，一顆西瓜籽飛出，打在Jack的臉上。

「敲敲敲，有完沒完啦！真是沒禮貌！」西瓜開了個門，一個小人探出身子，不耐煩地衝他吼道：「熟了熟了！」

狼搭肩

「我跟你講，這座森林裡，有很多隻狼。」少年的好友煞有介事地說道：「走夜路的時候，一旦肩膀被搭住，千萬不要回頭，只要你一回頭，就會被狼咬斷脖子。」

少年聳了聳肩說：「小說看多了吧。」

朋友欲言又止，終於還是沒說什麼。

太陽西落，少年走在小路上，向家的方向趕去。風吹動樹葉，發出沙沙的聲響。他突然感到肩膀上搭了些什麼，心裡猛地一驚。

少年想起之前朋友說的話，雙腿都軟了。他脖子僵硬著向前，一直沒敢回頭。

「停！」走到森林中央時，少年的耳邊響起一聲大吼。

少年猛地停住，差點嚇出尿來。

「嗷，我到家啦，謝謝你背我哦。」灰狼拍了拍少年的肩膀，掏出粒碎銀子，塞到少年的手中。「喏，其中一粒，是你背我回家的酬勞。」

少年接過銀子，還沒反應過來是什麼狀況，傻傻問：「那另一粒呢？」

灰狼說道：「我說段話，你把這段話說給別人。另一粒，就是這個的報酬啦！」

睡神

睡神拎著一把拂塵，挨家挨戶地檢查著。任何一個已經睡了的人都會在他的說明下，進入深層睡眠。

他如往常一般，踏進一戶普通的三口人家，先拿過拂塵，將父母催眠，然後才推開孩子的房門。

一進門，小男孩便呆呆地望著他。

「小弟弟……你……」

睡神剛開始說話，男孩突然咧嘴大哭起來。

「媽呀！小祖宗！你這一嗓子，我一晚上的活都白乾了！」睡神手忙腳亂地摸遍全身，最後掏出塊糖。「噓，早睡才對身體好。這個給你，只要聽話就有。」

男孩收了聲，把糖放進嘴裡，點了點頭。

那天之後，男孩都是準時入睡。睡神也遵守諾言，每天在床上放一顆糖給他。

睡神頂著兩個黑眼圈，日復一日地熬夜。又一天，他如過去般睡眼惺忪地推開男孩的房門，意外地發現，男孩竟然沒睡。

「噓，小哥哥，這些都給你。」男孩端出一個盒子，裡面滿滿的，全是睡神送出去的糖。

「你怎麼……」

「你也要睡覺，早睡才對身體好。這些糖，只要聽話就有哦。」

你的國

年輕的士兵看著對面的軍隊，咬牙握緊了劍。

這已經是兩國爆發戰爭的第六年了，大戰不多，但摩擦不斷。年輕人應徵充軍，在戰場拚殺。

他參與的第一場戰爭遇到的第一個敵人也是個年輕人，一場戰爭後，算是結識。

戰爭持續了很久。十年過去，士兵先成為長官，又成為元帥。碰巧的是，他初遇的那個人，也同時成長為敵軍元帥。

兩軍又一次在戰場相遇，這次敵軍衝勢意外地猛，已成元帥的男人因一次指揮失誤，鑄成了大錯。戰陣被衝垮，敵軍突入，準備屠殺。

收兵的號角突然響起，男人手下的兵因此活下大半。

戰爭因此停滯了許久，敵軍的元帥被處斬，再沒在戰場上出現。

犒賞酒會上，皇帝賜酒給男人，男人一飲而盡，突然拔刀，斬下了皇帝的頭顱。然後男人領軍闖入敵國，敵國新上任的元帥能力不足，被他橫掃。

墓碑前，男人放下兩顆頭顱。

「這不是他們的國，這是你的國。」

笨狗

老人的丈夫離世了。

對一位已過耄耋之年的女性來說，伴侶的逝世與天塌了沒有什麼區別。

老人備受打擊，自丈夫去世那天起，她彷彿就失了魂，對外界的一切都沒了興趣。不僅僅是對子女的呼喚反應遲鈍，就連杯子倒了，她也要過很久才將其扶起。

「老人如果繼續這種狀態，大概用不了多久，就會患上老年痴呆。」醫生嘆了口氣。「養些動物吧，把心裡的寄託轉移，或許對她會有幫助。」

第二天，老人的女兒便抱回一隻小狗。小狗聰明得很，身手卻不太機靈，頗像個腿腳不靈便的老人。從來到這個家開始，牠便不斷惹出事故。

老人的家被搞得一團糟，她不得不始終跟在小狗身後，收拾殘局。隨著時間的流逝，老人的思維竟真的比以前靈敏許多。

「汪汪汪！」小狗焦急地叫，牠不知怎麼上了櫃子，不敢跳下來。

「你怎麼這麼笨啊……」老人無奈地笑笑，起身走到櫃子旁，將小狗抱起。

「這老胳膊老腿的，不容易啊。」小狗搖搖尾巴，默默想道。

「妳笨，我放心不下，就只好我笨了。」

嘿，小傢伙

Hey, Little Guy.

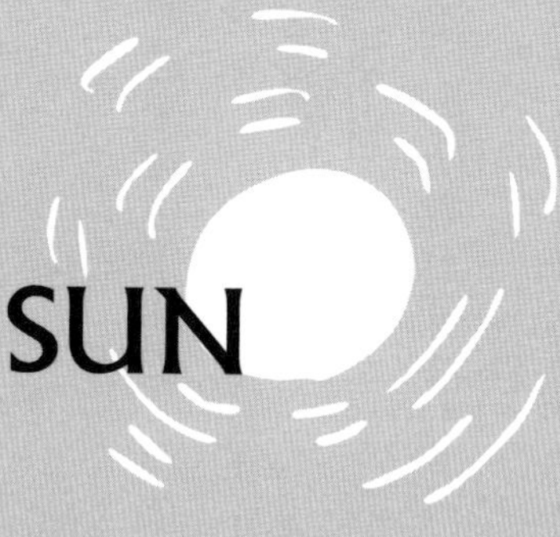

龍王

一整天的暴雨，彷彿天河潰壩。城市的排水系統不堪重負，街道如同河流。

「這什麼破天氣啊……」女孩坐在車裡，無奈地擰著鑰匙。

就在剛剛，車子癱在路中央熄了火，再也沒能啟動。無論女孩怎麼轉動方向盤，怎麼扳動排檔，都無法使車挪動一絲一毫。

大水已經漫過了輪胎，湧向車內。

直到水流打溼了女孩的褲子，她才反應過來發生了什麼。女孩大驚失色，急忙拉開車門，準備逃生。

車卻突然在這個時候動了起來，向著水更深的地方滑去。

水流湍急，女孩努力想要逃脫，卻始終找不到時機。

車體一震，猛地停止滑動。一隻手伸過，把女孩從車中拉出——是一位仙風道骨的老人。

「這麼大的雨，不要到處亂跑哦。」老人捋了捋自己的鬍鬚，故作高深。

女孩愣愣地看著老人，指向他身邊的雲彩說：「這是什麼？」

「棉花糖！」老頭的臉一紅，把雲彩塞進嘴裡，再不看女孩一眼，逃也似地轉身跑掉。

「這本來就是你犯的錯吧，還怪我亂跑。」女孩噗哧一笑。「救人的時候也不知道裝得像一點，龍王大人。」

石獅子

「館長，這頭石獅子還是運走吧。」警衛勸道：「又不是什麼文物，僅一隻擺在這兒，也不好看啊。幾個大館的館藏運來展覽，總不能讓人家看笑話不是？」

館長搖搖頭。

警衛在博物館工作了七、八年，每次提出這個建議都是同樣的結果，這次也不例外。他只得無奈地聳聳肩，不再堅持。

夜班，警衛正想著如何說服館長時，突然聽到了腳步聲。他帶著電擊棒出去巡查，剛好碰上了撬開大門，正準備盜竊文物的歹徒。

兩個歹徒對視一眼，下了狠心，猛地從口袋裡拽出了槍，瞄準警衛。

「完了。」警衛看到黑漆漆的槍口，只覺得天旋地轉。

「吼！」

伴著一聲咆哮，巨大的石獅子衝了過來。歹徒大驚，慌忙開槍。子彈全被彈開，石獅子揚爪，將兩個歹徒一起打飛出去。

「你你你你你……」警衛嚇得結巴。

「吼！」石獅子又是一聲暴吼，把警衛嚇得一屁股坐在地上。

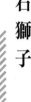

「別叫啦，現在已經十二點了，打擾到附近居民的休息就不好了。」老館長走上前來，撫摸著石獅子的鬃毛，目光裡滿是慈愛。

石獅子閉上嘴，不滿地偏過頭。

「行啦行啦，不就是說你不好看嗎，驕傲什麼？」

老槐樹

老槐樹立在陽光之下。盛夏的熱浪中，它的陰涼處是各類昆蟲最喜乘涼的地方。

幾隻蟬不斷地鳴叫著，發出「知了知了」的聲音。牠們吮吸著老槐樹的樹汁，大快朵頤，肚子被撐得鼓鼓的，像個皮球。

纏在老槐樹身上的藤蔓看著蟬的舉動，氣不打一處來。

「喂，我說，你為什麼不把這群吸血鬼趕走？」他對老槐樹說道：「這群該死的東西對你百害而無一利。」

老槐樹沒有應答。

「這些蟬還未出生時，便在地下吸食你的血液。幾年過去，好不容易到了能擺脫的時候，你卻從不趕牠們走。」藤蔓怒其不爭。「牠們沒日沒夜地叫不說，這一整個夏天牠們都在靠你的血液孕育後代。到了秋天，又會多一群吸血鬼埋藏在地下。」

老槐樹依舊沉默不語。

「唉！你呀你，怎麼就那麼傻！」

夕陽下，不遠處學校的放學鈴聲響起。五、六個背著書包的孩子你追我趕地衝出校門。他們嬉笑打鬧著跑過數百公尺的路程，最終停留在老槐樹下。

「呀，你們看！」其中梳著兩條辮子的小女孩叫：「是蟬！」

她小心翼翼地把跌落在老槐樹下的蟬撿起，愛不釋手。幾個孩子聞聲圍了過來，紛紛尋找著屬於自己的小驚喜。

「你看。」老槐樹低聲笑道：「他們多高興。」

孟婆湯

小女孩站在奈何橋上，面前是靠在躺椅上的孟婆。

「妳到底喝不喝？」孟婆瞥了一眼面前的小女孩，不耐煩道。

「孟婆奶奶。」女孩低著頭，小聲問：「這湯，是甜的還是苦的呀？」

孟婆沒好氣道：「我怎麼知道，喝了孟婆湯的人，早都失憶了。」

「可我怕苦……」女孩退了一步，思索了一番，還是搖了搖頭。「算了，我還是再等等吧……」

這一等就是六天。

女孩始終坐在橋邊，望著忘川河水發呆，孤零零的，一句話不說。

第七天，孟婆端著兩碗湯，坐在了橋前。

「喂，小丫頭。」孟婆招手，把女孩叫到身邊。「我這六天來一直在研究，終於把孟婆湯改進了一下。現在的味道，大概會是甜的，不過我要嘗一下才能確定。」

「只不過這湯有使人失憶的效果，即便以我的法力能消除大半的副作用，喝湯那一會兒的記憶，也免不了會消失。在那之前，我會告訴妳它到底是甜的還是苦的，妳一定記住了。」

女孩點了點頭。

孟婆喝下湯，深深地皺起眉頭，面露痛苦，很顯然，她的研究失敗了。

「咦，我剛才要說什麼來著？」孟婆看著其中一只手上的空碗，疑惑道：「哦，對了，這湯怎麼樣，是甜的還是苦的？」

女孩拿起另一只碗，一邊應著，一邊把湯灌入嘴裡。

「甜的，很甜很甜，比棉花糖都甜。」

廢物

鎮子裡有處寶藏，據說得到的人便可以依靠其稱霸大陸。數十年來，寶藏一直被各路人覬覦著，其中屬魔王實力最高，他曾是大陸數一數二的高手，為了獲得寶藏一直衝擊著小鎮。

大俠是寶藏的守衛，每隔幾天，魔王便會來到鎮子與其戰鬥一番。大俠很強，戰鬥次次都以魔王的失敗告終。大俠不忍取他性命，幾次勸他改邪歸正，卻也無濟於事。

轉瞬間，兩人已糾葛了十餘年。魔王還值壯年，大俠卻已經老了。這天，魔王又一次站在鎮子前，囂張地用自己手中的長刀點了點地面，釋放出強大的氣場。

鬚髮灰白的大俠從鎮子出來，奔向魔王。大戰數十回合後，魔王終於再次敗在了大俠手下。他後退數步，急急地逃向遠方。

鎮民爆發出歡呼聲，他們迎接大俠回鎮，斟酒設席犒勞其為鎮子所做的貢獻。

鎮子門口茶鋪的老闆沒有參加慶功宴，他開了罈酒，擺在桌上。

「爺爺，魔王這麼弱，為什麼每天還要來鎮子裡鬧啊？」老闆的小孫子疑惑地問：「他明明又打不過大俠……」

「咳，小孩子懂什麼。」一個蒙面的男人不知何時出現，揉亂了男孩的額髮。他坐在茶鋪老闆的對面，把面罩掀開一角，將酒灌進嘴裡。

幾分鐘後，鎮門口又來了個面露凶相的匪徒。

「大俠呢？讓他滾出來。」匪徒一腳踢翻了茶鋪的桌子。「交出寶藏，饒他不死。」

「你難道不知道，連魔王都不是這鎮子裡大俠的對手？」蒙面男人放下酒罈，開口問道。

「那是魔王廢物，他打不過大俠，可不代表我不行。」匪徒冷笑道：「就算大俠很強，剛戰鬥完，一定也消耗了不少氣力。」

「廢物？」男人起身摘下面罩，魔王的臉露了出來。他冷哼一聲，抽刀拍翻了匪徒，身姿完全不似剛才敗逃時的狼狽。

男孩嚇得從桌前站起，躲到了爺爺的身後。

「怕他應付不過來，只好沒完沒了地鬧了……」魔王撓了撓頭髮，有些靦腆地衝男孩笑道：「小心這話不要傳到那老頭兒耳朵裡，他自尊心太強。」

燈神

女孩戰戰兢兢地走進走廊，輕輕將門關好。

就在幾天前，學校的課時再次調整，她歸家的時間，也由原本的九點改到十點之後。

女孩小心翼翼地上樓。她始終感覺走廊裡有什麼鬼魂之類的東西，以至於她被嚇得腿都有些發軟。

走廊的聲控燈突然滅了。

女孩急忙「喂」地喊了一聲，燈重新點亮，她這才稍稍安心。

短短半分鐘的路程，她走了足足五分多鐘，甚至還連喊了十四次「喂」。

第十五次燈滅時，還不等女孩叫嚷，燈自己亮了起來。

「喂喂喂喂，有完沒完了！」一個男人從牆壁開了個門出來，「妳叫一次，我就得按一下開關給妳開燈，大晚上的，妳倒是舒坦了，還讓不讓我睡覺！」

女孩嚇了一跳，後退兩步，詫異地問：「你是……」

「燈神！」男人伸手從角落拽出一隻怯生生的正瑟瑟發抖的小鬼，沒好氣道：「妳還怕他？他的膽子都不如妳大，看妳那兩嗓子把這孩子嚇的。」

獵妖師

每位獵妖師在成年時，都要進行一項成人禮——尋寶。尋得的寶物可以是藥材，也可以是捕獵到的珍禽猛獸。當然，最完美的表現就是捕到一隻妖或是採到極品的天材地寶。

少年望著不遠處的一隻妖狐，心中暗喜。如果能捕到妖，今年成人禮的第一名，一定非他莫屬。

他掏出家傳的戰弩，瞄準了妖狐。

過了好一會兒，他嘆了口氣，收回了弩，換上了一副彈弓。想了想，他又把彈弓收起，拿出一張網，小心翼翼地摸上前去。

少年奮力一躍，令他沒想到的是，自己竟然輕易地罩住了妖狐。

小狐狸可憐巴巴地看著他。

少年心一軟，收回了網，推著小狐狸，說：「走吧走吧，快回家。你這麼好捉，遇到我的師兄弟們可就慘了。」

小狐狸在男孩的手中吐出一截看起來就不是凡品的人參，躍入草叢。

少年喜上眉梢，美滋滋地捧著人參返回。

待男孩走遠，小狐狸搖身一變，化為人形，噗哧一笑。
「那個小獵妖師呢？」老妖看著優哉返回的妖狐，皺起了眉頭。「你身為大師兄都沒捉到他？」
「他太厲害，要不是我跑得快，就死在他手裡了。」化為人形的妖狐攤了攤手。「現在的年輕獵妖師，真是人才輩出。」
「況且，還挺善良的。」妖狐想了想，又補充了一句。

鐮鼬

傳說有一種名為鐮鼬的妖精，身似鼬鼠，有一條利刃似的長尾。牠們是三兄弟組合，是空氣中的妖精，最喜歡的食物是行人的血液。第一隻把人絆倒，第二隻在皮膚上劃出傷口，第三隻則負責給傷口敷上膏藥。

「被襲擊的路人往往直到最後，也不知道發生了什麼。」小鐮鼬看著年輕人手中的畫冊，一字一句地讀道。牠是三兄弟中最小的一個，今天第一次參加狩獵，碰到的人類卻剛好捧著一本記錄著自己的畫冊。

小鐮鼬大為好奇，湊上前閱讀。

「哥哥，膏藥是什麼呀？」

「早就失傳了。」牠的哥哥有些無奈。「那都是幾百年前的東西了，你只管吸血就好。至於傷口什麼的，一會兒自己就癒合了。」

弟弟若有所思地點點頭。

「我先上了！二弟，迅速跟上！」第一隻鐮鼬飛撲上前，將年輕人推倒。

第二隻鐮鼬緊跟其後，擦著年輕人飛過，在其皮膚上劃出一道傷口。接下來是第三隻，他動作敏捷，毫不猶豫。三兄弟完美落地，每個步驟，都配合得天衣無縫。

「血呢？」最大的那隻鐮鼬望著兩手空空的三弟，腦袋嗡的一聲。

小鐮鼬撓了撓頭，問：「什麼血？」

「不是讓你吸血嗎？」

「哦哦，我看那個畫冊上說，要把傷口封住。」小鐮鼬有些沮喪。「只可惜沒有膏藥。」

年輕人放下畫冊，撕下胳膊上的卡通ＯＫ繃，一頭霧水。

小人魚

男人救起被漁網纏住的小人魚，將其放回海中。

他是遠近聞名的航海家，出海數十次甚至還環繞過地球，這還是他第一次見人魚。

船後的浪花裡，纖弱的小人魚艱難地跟著。

「不要跟著我們了！」男人衝船後的小人魚喊道。小人魚卻充耳不聞，一點沒有要離開的意思。

船員說：「據說魚的記憶只有七秒，每隔七秒，就會忘記自己做過的事情。或許就是因為這樣，她才始終跟著。」

男人這才恍然大悟。

小人魚成了航船的常客，只要出海，必定隨從。她不言不語，跟著船隻遠航。每到吃飯時，男人都會分給她一份食物。男人時常向她傾訴，儘管她只是聆聽，從不回應。

又一次出海，男人仍是志得意滿。誰也不曾想到，狂風暴雨中船隻會觸了礁石。

再睜開眼時，男人躺在沙灘上，旁邊是小人魚。每隔一會兒，小人魚就要重新游到男人的身邊，輕輕吻一下他的唇，吐出一口氣。

「妳救了我。」男人摸了摸小人魚的頭。「妳陪在我身邊有五年了吧，小姑娘都長成大女孩了。」

「如果我向妳表白的話……」男人苦笑著搖了搖頭。「只可惜魚的記憶只有七秒。」

「我可從來沒承認過哦。」小魚人第一次出聲，臉蛋通紅。「我只是一直在學人類的語言，還有……」

「看不夠你而已。」

月老

幾個月前，女孩被渣男劈腿。

似乎是為了忘記悲傷，女孩一頭埋在工作之中，除此之外，就始終在家待著，不去社交，也不接觸外界。幾個月內，除了每天和家裡養的小貓說話以外，女孩甚至連嘴都不怎麼張。

七夕那天，情侶們都帶著蜜意約會時，女孩獨自一人在冷冷清清的公寓中醒來。她摸了摸身邊，小貓不在，不知跑到何處玩耍去了。

女孩沒有在意，自顧自地刷牙洗臉，剛剛洗完，就聽見門突然被敲響。女孩疑惑地跑去開門，門一開，一束火紅色的玫瑰映入眼中。

一個少年捧著玫瑰，結結巴巴道：「那……那個……送花的人留言說，妳應該出去逛逛，不要總待在家裡……」

女孩一臉狐疑地看著少年說：「你看起來有點面熟啊。」

「我其實是月老，妳知道月老吧？」少年急急地解釋。

「哪有這麼年輕的月老！」女孩挑了挑眉頭。「你胡謅些什麼？」

「是真的！」少年怯生生道，他知道自己編錯了藉口，硬著頭皮從口袋裡掏出一根紅線。「妳看，這根紅線就是證據，只要把一端纏在……」

女孩一把奪過紅線，纏在自己的小指上，又探身上前，將另一端繞在少年的小指之上。然後抬起手，摸了摸少年的頭。

少年一愣。

「走啦，早認出你是誰了，這毛線球還是我給你買的呢。」女孩接過玫瑰，輕笑著眨了眨眼，說：「請你吃小魚乾。」

精靈

傳說中，每個人類的身邊都有一隻護身精靈。
從人類出生開始，他們就在人的身邊，每日每夜，守護著人的安全。
精靈們總是隱身著，大多數人都看不到他們的樣子，偶爾見到的人也會當作錯覺。
久而久之，知道他們的人越來越少，甚至趨近於無。
女孩在圖書館的一本古籍中看到這個傳說，精靈的插畫栩栩如生。
她腦海中猛地閃過小時候的記憶，竟對其有一絲印象。
「喂，精靈。」
她衝身邊叫道，卻沒收到任何應答。
女孩有些失望，但想起年幼時的經歷，仍是深信不疑。
她向圖書管理員借了書，一邊讀著，一邊向外面走去。
女孩看得入迷，下樓時突然一腳踏空。
她一聲驚叫，書籍脫手，從樓上翻滾下去。
眼看後腦杓就要碰到地面，一個蝴蝶大小的精靈出現在空中，咬緊牙關，雙翅猛振，用力拉住了女孩。

「喂！傻ㄚ頭，不要什麼都信啊！」精靈叫：「我們沒有那書上寫得那麼厲害。」

「救妳一次很吃力的！」

他憤怒地吼著，女孩卻緩慢地落下。

悟空

孫悟空被壓在五行山下五百年，直到唐僧揭開封印救他出來，才終於能一展拳腳。取經路上，每隔幾天，唐僧就要亂跑出去，每次出去，都惹些禍事。孫悟空不只一次地跑去救他，降妖除魔。

又一次，孫悟空將白骨精擊斃於棍下，轉身離開。

待悟空走遠，白骨精重新聚成人形。

「真是不好意思呀。」唐僧不斷地拜謝。「沒想到這一路遇到的妖精都這麼善良，之後到了佛祖那裡，我一定會如實稟報你們的善行。」

「都是些舉手之勞，能做些善事自然是好的。我不求回報，長老真的不要費心了！」白骨精急忙擺手，然後又小心翼翼地問：「只是不知道您耗費這麼大力氣，是為了什麼？」

「聽說那猴子以前是齊天大聖，要強得很。可他壓在山下那麼多年，法力又怎麼可能不退步？若是他知道真相，大概會很傷心吧。」唐僧道：「只好拜託你們陪我演這齣戲，除了一開始遇到的那幾隻妖精，其他的居然都願意幫我。」

孫悟空遠遠望著這一幕，扛著棍子，翻了一個筋斗遠去。

「這傻和尚。」孫悟空笑著搖頭，敲響了面前的山門。

「你誰啊？」妖精開門，皺起眉頭。

「你孫爺爺！」孫悟空將棒子一甩，頂住妖精的額頭。「過會兒有個小和尚要來，你演齣戲，讓他以為世界充滿善意。」

「不幹就打死你。」

小鬼

最近一段時間裡，每逢夜晚，女孩總能聽到客廳的方向有說話的聲音。一開始，她以為是白天工作太累，以致晚上睡覺時產生幻覺。抑或是鄰居又起家庭衝突，在深夜吵架。但時間一長，自己也有些膽顫心驚。

這天，女孩在社區門口，被一個仙風道骨的老人攔住。

「孩子，中元節將近，妖魔橫行，我看妳氣色不佳，恐怕是惹了不乾淨的東西。」

女孩聯想到最近的經歷，深以為是，急忙討教。老人想了想，掏出一塊玉珮，塞入女孩手裡。

「這塊玉珮給妳，只要妳把它戴上，無論什麼妖魔鬼怪都會現形。」老人說著，又塞給女孩一道符咒。「發現妖魔後，把這道符扔出去，就可以將其降服。」

女孩拿著東西回到家中。當天夜裡，又聽到聲音時，她戴上玉珮，一腳踹開了門。

「欸？」有人詫異道，女孩看都不敢看，一把將符咒扔了出去。

聽到一聲驚叫後，女孩才睜開了眼睛，發現電視開著。燈光下，一個男孩形態的幽魂蜷縮在角落，被嚇得不行。

「你就是妖魔？」女孩問：「不像呀。」

「當然不像啊！被我擋在外面的才是妖魔，我只是個普通小鬼而已呀！」

女孩一愣，說：「那你……」

「早知道妳這麼凶，誰會來啊！」男孩委屈得差點哭出來。「我好心幫妳擋著妖魔，就想蹭著看電視而已。」

晴天娃娃

晴天娃娃被掛在房梁上，面對著太陽。

天氣無常，不一會兒，烏雲便迅速而來。大雨瓢潑而下，一滴滴豆大的水珠打在晴天娃娃身上，發出聲響。它努力躲避著，蜷成小小的一團，卻仍被淋成了落湯雞。

每個人都用它來祈求陽光，卻從沒有人在乎它在雨中的心情。

名為風的精靈奔跑而過，看到晴天娃娃小小的身軀，心裡倏地一疼。它飛撲上去，將雨絲吹散。精靈說：「有我在，沒有任何東西能傷害你。」晴天娃娃的少女心都氾濫了，它點了點頭，看著瀟灑飄逸的風遠去。

晴天娃娃愛上了精靈，精靈卻沒有停下。它說它停下就會消散，晴天娃娃也不確定這到底是不是藉口。

「風走了很遠很遠。」燕子說：「有人在其他城市見到了它，它依然飄逸，不斷地前行。」

晴天娃娃聽說過那個城市，確實在很遠的地方。

過了幾天，燕子又告訴晴天娃娃，風走得更遠了。這次已經走出了數千公里，大概不會再回來了。

陽光被遮住，雨下了起來。晴天娃娃的心情與陰鬱的天氣如出一轍。它看著布滿烏雲的天空，莫名想哭。

晴天娃娃身下掛著的風鈴，突然發出叮咚的聲響。它一愣，轉過了頭。本該在數千里外的風，卻真實地出現在它眼前，熱烈地吹散了雨滴。

「你不是……」

「我走了很遠很遠，從不問歸期。」精靈環繞著它，微微笑道：「但即便走了幾千里，你也在我心裡。」

山怪

傳說中，山怪身形靈巧，力大無窮，最喜歡的食物便是人類嬰孩。他們可以輕易翻越障礙，突破圍牆，偷走小孩子。

但山怪也懼怕人類，他們的身體尤其脆弱，禁不住人類兵器的攻擊。

又是一次狩獵，族人中最強壯的山怪被挑選出來，做盜取的工作。其餘山怪則作為被發現後吸引追兵的目標。

孩子被搶了出來，其他山怪呼哨一聲，急忙引著人類跑遠。

一會兒後，山怪們氣喘吁吁地聚到村口，最大的山怪手中空無一物。

其他山怪洩氣地搖搖頭。這是常有的事，多半是人類沒有全追出來，孩子已經被奪了回去。

「要不再試一次？」有山怪提議道。

「一群廢物！」最大的那隻山怪突然暴怒。「都給我滾！」

「哼，不合作就不合作嘛，這麼凶幹什麼。」其他山怪被嚇了一跳，自覺沒趣，紛紛離開。

將所有同類都趕走之後，山怪慢吞吞地走到大門旁邊，停了下來。

咚咚咚，他敲了敲宅院的門，身形一閃，躍入黑暗之中。

大門打開，燈光下，放了個小小的襁褓。一個不滿週歲的孩子正探著小腦袋，好奇地向外張望。

大俠與魔王

大俠與魔王爭鬥了很多年。

魔王燒殺搶掠，無惡不作，每次路過人類居住的地方都會引發一場災難。而大俠從小的夢想便是打倒魔王，成年之後的他終於武功大成。自那天起，魔王去哪裡，大俠便會追到哪裡。

兩人每次爭鬥都是平手，這種情況持續了三十餘年。魔王一次又一次受其牽制，三十多年沒能作惡，氣得牙根癢癢卻無奈無法擺脫。

直到大俠所在的國家與敵國開戰，大俠參軍，上了戰場。一次戰役中，他被重兵包圍，亂刀伏殺。

葬禮上，所有人肅穆而立。大俠的家人捧著花環，緩緩放在墓碑前。轟的一聲巨響，魔王落在空地中央。他冷哼一聲，環視了一圈。

所有人都被魔王的氣勢壓倒，下意識地後退一步。魔王看到，不屑地一笑，向墓碑走去。

大俠的家人這才反應過來，急忙上前阻攔。「他即便死了，你也要來鬧這麼一場嗎！」

魔王不耐煩地甩了甩頭，一把將人扇到一邊。

「一群廢物，都給我滾。連他討厭什麼都不知道，還好意思作為他的家人。」魔王啐道：「他就是死了，也不需要花這種東西擺在墓碑前面。」

魔王擰開一瓶酒，灑在墳前，然後鬆開了手中拎的包裹。

敵軍元帥的頭顱滾了出來。

「你也是廢物，不是和我打了那麼多場嗎，這種人都處理不了。」

孔明燈

「希望妹妹的病能夠好轉。」

男孩在心中默默念道，然後放飛手中的孔明燈。

他的妹妹因為重病，已經臥床許久。男孩去了許多家醫院，請教了無數醫生，每個人給他的答覆都只有一個：難以治癒。

他無奈，怨自己無能，卻也無濟於事。只能每日守在家中，陪著妹妹。

偶然間，他聽到家鄉的老人說孔明燈很靈。

據說只要那燈能升到雲頂，願望就一定能達成。

孔明燈在雲端搖搖欲墜，開始向下落去。男孩透過望遠鏡看到這一場景，心沉了下來。

一道金光閃過，孔明燈再次上浮，終於穿入雲頂。

「喂，老頭兒。」伏羲看著面前的人把孔明燈收入手中，開口問：「為什麼要這麼做？」

「這東西，本來就不可能升上來的啊。」神農笑咪咪道：「可是世間的善，總要有希望得到回報。幫他一次，也不過分。」

兔子

人參修煉千年，終於成了精。

它活動活動手腳，欣喜地感知了一下周圍的環境，得出了應該搬家的結論。它摸索著，尋找適合自己的土壤。

它穿過山林，最終在山腳下的兔子窟旁找到了一片種著蘿蔔的菜地。

「嘖嘖，這麼好的土壤，種蘿蔔真是暴殄天物。」人參說著，扎根進去。

入夜，剛剛睡著不久的人參被挖土的聲音吵醒。它睜開眼看，發現了一隻正挖胡蘿蔔的白兔子。

兔子聽到了聲響，抬眼朝著人參的方向看去。人參一驚，急忙重新闔眼裝睡。

幾秒鐘後，人參被挖了出來。

「我不是胡蘿蔔。」人參忍受著兔子在它身上摸來摸去，無奈道。

兔子卻彷彿什麼都沒聽見，仍舊我行我素。人參忍受不了，趁著兔子不注意，急忙逃走。

然而自那天起，兔子每次挖蘿蔔，都會很巧合地將人參挖出。任人參一遍又一遍地解釋也毫無作用。

又一天夜裡，兔子又一次將人參從無數蘿蔔中挖了出來。

「哎呀！死兔子，氣死我了！」那成精的人參從兔子手中跳了出來，臉氣得漲紅。「你怎麼就不懂呢，那橘紅色的才是胡蘿蔔，我是人參。你一天天閒著沒事做挖我出來做什麼！」

兔子撓著耳朵，瞇著眼睛笑道：「誰說我在挖蘿蔔了？」

異瞳貓

「小傢伙，你是不是等好久了？」女孩蹲下身子，用手撐著下巴。「餓了吧？」

異瞳眼的小貓站在女孩身前，喵嗚一聲。

女孩將雞肉餵給小貓，盯著其吃完後，展顏一笑。「快回家吧，附近的山上可有妖精，每天晚上都會出來作惡。你的眼睛這麼漂亮，搞不好要被抓去。」

女孩每日到村口餵貓，已經持續一個月了。一個月前，小貓出現在村口，與女孩偶遇，從此便結下了緣分。

餵完貓後，太陽已經落山，女孩匆匆朝著家的方向趕去。陰風陣起，這天妖精下山格外早，正盯上了女孩。

女孩在逃跑中摔倒，千鈞一髮之際，那妖精也不知被什麼擋了一下，沒有追來。

女孩倒是沒有什麼大礙，只是腳踝扭傷，在家休息了三天。好在這三天始終淅淅瀝瀝地下著雨，倒也沒什麼影響。三天後，雨過天晴，女孩走出屋子，伸了伸懶腰，一瘸一拐地走向村口。

「好幾天沒見，也不知道你怎麼樣了。」女孩心想。然而到了村口，她沒見到小貓，卻意外地發現有舞獅的隊伍。鞭炮被點燃，劈里啪啦地響。

「咦，張奶奶，這離過年還早著呢，怎麼就開始放鞭炮了？」女孩看了看身前站立的老人，好奇地問道。

「妳這幾天在家養傷，估計還不知道這個消息。」老人笑道：「縣裡發生了件大喜事呀！」

「就在妳被那個妖精襲擊的當天晚上，縣令家裡來了個俠客借兵器。也不知那俠客怎麼說服縣令的，那俠客取了縣令家裡祖傳的長劍，上了山。第二天縣令派人去尋時，妖精的洞府竟然全被搗毀了！」

「唯一可惜的，就是那俠客不見了蹤跡，大概是和妖精同歸於盡了吧。唉，據說那俠客長相英俊，兩隻眼睛是不同的顏色……」

女孩腦海中轟的一聲。她渾渾噩噩地回了家，哭了很久，直到黃昏時分，女孩的家門被敲響時，她才擦擦眼淚，前去開門。

門口是那隻多日未見的小貓。

牠一瘸一拐，身上髒兮兮一片。

「喵嗚——」

吃掉悲傷

男孩哭喪著臉，悶悶不樂地回到家中，將自己埋在枕頭裡。

「怎麼啦？」小妖精顛兒顛兒地跑過來，關心地詢問。

「我和我最好的朋友吵架了。」男孩把臉捂在枕頭裡，悶悶地說道。

「你怎麼又吵架啦？」小妖精無奈地聳聳肩。三個月前他結識男孩的時候，男孩就是剛剛和好友吵完架。

那時他餓得不行，好不容易才找到像男孩這樣合適的獵物，便衝著他後背，張開血盆大口。沒想到男孩卻把他錯當成玩偶，一個轉身，死死抱住他的一條胳膊，大哭起來。

「算了，看他這麼可憐，還是留他一命，下次再吃吧。」他想著。這一拖就是三個月。

「喏，就是這樣啦，你去和他好好談談，一定會和好的。」小妖精如往常一般，以這句話結尾，然後從男孩的身後拽出了什麼，偷偷塞進嘴裡。

男孩點點頭，去找朋友了。

「唉，說好了這次一定要吃掉你的。」小妖精打了個嗝，拍拍肚子。「不過……雖然填不飽肚子，但是吃掉了你的悲傷，你就會開心啦。」

故事家

冰雪覆蓋了大地，老人慢悠悠地坐下，靠在雪人的身邊。

雪人很精緻，他圍著圍巾，眼睛閃閃發光，胡蘿蔔做成的小鼻子，凍得發紅。

「我是個寫故事的人，曾經有很多人看我的作品。」老人拍了拍雪人的後背，懷念道：「但現在我老啦，已經獨行了很久。我給你講幾個故事吧，也好過沉默。」

漆黑的夜裡，老人操著沙啞的嗓音滔滔不絕，直到東方泛起了魚肚白。

「我的生命只有一夜。」雪人終於開口。「為了我這樣短暫的存在，您浪費了寶貴的生命。」

「您不也為了我這老朽的存在，浪費了僅有的生命嗎？」老人晃了晃手中的酒壺。「世界已經夠冷了，總得有點東西用來暖心，一壺溫過的酒，或者幾個故事。」

他把剩下的酒全都當空澆下，雪人融化，胡蘿蔔落了下來，被他接住。他挖了個坑，把胡蘿蔔栽入其中，悠悠走遠。

第二年春天，一抹綠色從土壤中鑽出。

它帶著雪的記憶，展開了蜷曲的葉。

小蘑菇

小蘑菇生長在森林中，它的四周全是高大的樹木。它們枝葉繁茂，遮住了太陽，小蘑菇就待在它們身下，沒沒無聞。

小蘑菇心血來潮，叫嚷著向大樹打招呼。但與小小的它相比，大樹實在太過高聳。還沒等它的叫聲傳到大樹的耳中，便隨風散盡。小蘑菇大受打擊，決心尋找新的住處，擺脫孤獨的境遇。它來到草原，被草叢淹沒，無人在意。它又來到沙漠，酷暑當頭，一望無盡的黃沙中，也沒有它的容身之處。它走過雪山，渡過沼澤，行過丘陵。最終它失魂落魄地站在海邊的岩石上，望著海裡自己的倒影。

「我是不是註定沒有朋友……」小蘑菇啜泣著自語道。

水面上泛起了小小的波紋，小蘑菇的影子突然亮了起來。周圍的小魚全都向著微光，游向它的影子，然後紛紛發現小蘑菇，向它打起招呼。一隻小水母鑽出水面，輕輕地頂了小蘑菇一下。

小蘑菇交了很多朋友，在這片海域中，它獲得了從未有過的友誼。很久以後，小水母聊起當時初見的情景，對它說：「你看，其實這個世界上，有那麼多人都在意你。」

小蘑菇望著牠，聲音幾不可聞：「但只有你會發光。」

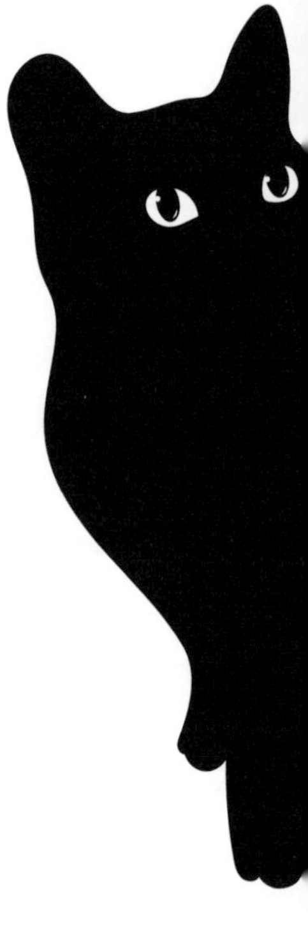

氣球

「買個氣球吧！」

寒風吹過深夜的廣場，帶起路邊的葉子。鬢鬢皓白、戴著尖頂帽的老人手裡牽著一串氣球，不斷向路邊的行人推銷著。

路人有的擺手，有的乾脆視而不見，只有很少的幾對情侶願意停下腳步，其中又僅有一半人買下了氣球。

外賣小哥從店裡出來時，老人在廣場，一個多小時後他送外賣回來，老人仍未離開。他望著老人蹣跚的腳步，推車過去，從衣服兜裡掏出幾張鈔票。「大爺，您查查剩幾個氣球，我全買下來了。」

外賣小哥說道：「這都過了十二點半了，您收攤回家吧。」

老人抬頭看了看外賣小哥的裝束，搖了搖頭：「買一個就夠了。」

「我喜歡氣球。」外賣小哥堅持道。

「買一個就夠了，孩子。這麼晚了還在工作，生活也不容易吧。」老人搖著頭笑道：「我知道你在想什麼，我賣氣球不是為了生計，只是年紀大了，一個人很無聊，想出來走走而已。」

「大爺，您想多了，我是真的喜歡氣球。」

老人從那一串氣球中摘下一個，把繩子塞到外賣小哥的手中，笑咪咪道：「你喜歡，就送你一個呀。」

外賣小哥一愣，一時間不知怎麼回應。老人笑著走遠，留他自己傻傻地站在原地。

飯店門口，醉眼矇矓、一身酒氣的男人大笑著和朋友道別。他擺著手讓朋友放心，打開車門，搖搖晃晃地坐上駕駛位，扭動了鑰匙。

隨著發動聲響起，男人強打精神，踩下了油門。

外賣小哥牽著氣球，緩慢地騎著車，有刺耳的汽車笛聲在他身後響起。他回頭，刺眼的燈光晃花了他的眼睛。

外賣小哥手中的氣球清響一聲，化為兩個，接著，又變成四個。短短一瞬間，滿滿一串氣球拉著外賣小哥浮了起來。

汽車掠過他的腳尖，將他的車撞了個粉碎。

「一個就夠了，孩子。」老人摘下頭頂的巫師帽抖了抖，笑咪咪地自言自語道。

化龍

鯉魚的族群中有著這樣的一個傳說，每逢暮春之際，只要沿著黃河逆流而上，躍過龍門，就有機會成為真龍。

小鯉魚是族群中的一員。又到了一年春季，他跟在魚群後面，看著一位又一位族人躍過龍門，自己卻久久不敢上前。

「你為什麼不試試？」一條黑色的鯉魚游到他身邊，問道。

「我的天資不行。」小鯉魚自卑道：「肯定沒辦法做到的。」

在黑鯉魚的一番慫恿下，小鯉魚還是選擇了躍上前去。儘管結局不遂人願，兩人卻成了朋友，終日一起修行。

十年後，黑鯉魚第一次越過了龍門。

「怎麼樣？」小鯉魚急忙湊上前去問：「你……有沒有感覺到身體有什麼變化？」

黑鯉魚深深地望了他一眼，搖了搖頭。小鯉魚立刻變得垂頭喪氣。

「你的天資比我高那麼多，卻仍然沒有機會化為龍。」他沮喪地道：「是我的話，肯定更沒有機會了。」

「誰說我的天資比你強了？」黑鯉魚嗆聲道。

「你比我努力那麼多……」

「那不是更說明我天賦差嗎？」黑鯉魚道：「我那麼努力，得到的結果卻和你每天渾渾噩噩差不多。」

小鯉魚想了想，卻還是猶豫不決。

「我已經沒什麼機會了，一鼓作氣，再而衰，三而竭。」黑鯉魚莊重地說道：「你是我唯一的朋友，如果你有機會成龍，告訴我那是什麼感覺……那我便死而無憾了。」

小鯉魚怔怔地看著他，終於點了點頭。

五十年的時間轉瞬過去，這些年來，小鯉魚沒日沒夜地修煉，卻從不前往龍門，直到他有了把握。

小鯉魚望了一眼身後的黑鯉魚，深吸口氣，向龍門衝去。到達邊緣處時，他猛地躍起，逕直穿了過去！

金光四溢間，他的身軀迅速變長，鱗片變得堅硬，腹下探出了有力的龍爪。轉眼間，金色的龍形透過雲層，直沖九霄。

「我成功了！」已經化為金龍的小鯉魚長嘯一聲：「我真的成龍了！」

「其實你未必沒機會化龍的，越過這個坎我才知道，這真的沒那麼難。」小鯉魚興奮地回頭，然後愣住。

黑鯉魚不知何時已盤踞成一條黑龍。「你看，我早就說過你可以的。」

空調

夜深人靜，夏日的夜熱到極點。男人躺在床上，開著空調。他的胸口不斷起伏，打著呼。

隨著幾聲機械轉動的聲音，掛在牆上的空調變成了一個機器人。它看了男人一眼，打開窗子，向著天空飛去。

火焰噴射的餘暉下，男人睜開了雙眼，起床，穿上一身空軍軍裝。

一小時後，數萬公尺外的大氣層外，機器人駕著機炮，打掉又一艘外星人的小艇。小艇墜落前，魚死網破地向在後側掩護的人類戰機射出一發雷射。機器人大吃一驚，急忙瘋狂地扭動身軀；它擋下這一次攻擊，自己卻失去控制落了下去。

駕駛員怒吼一聲，操縱戰機掉頭，終於在機器人穿過大氣層前，將其救了回來。

戰爭持續了數十年，類似的事情每日每夜都在普通人不知道的情況下發生。

當天的戰役結束時已經是凌晨。機器人小心翼翼地打開窗子，發現熟睡中的男人仍是那個姿勢，鬆了口氣，回到原來的位置。

太陽初升，男人打著哈欠按下空調遙控器，發現無法製冷後，又一次無奈地報修。

「修好了。」維修人員最後調試了一下，說道：「不過兄弟，我建議你還是換個新的吧。光我在這個崗位上這段時間，你就修了七、八次了。有這工夫，還不如再買一個。」

「用習慣啦。」男人打著哈欠。「真換一個，還不一定有我這個好用。」

他送走維修人員，躺在床上，打開了空調。

「我這條命，是空調給的。」

男人在微博上打下這幾個字，發送。之後是數十人的轉發，打出「哈哈哈」的字樣。

男人看了看有些破舊的空調，嘴角不禁牽出弧度，補充道：「是真的。」

神龍

女孩被打下深淵，歸為蛟形。幾乎喪命時，被另一隻藏在深淵中的潛蛟救了下來。

潛蛟化為少年，好奇地問：「那些道士為什麼要打妳？」

「因為我想偷他們的丹藥。」女孩的臉微微一紅。「我想修煉成神龍……」

「不需要丹藥也可以修煉成龍呀，一定是妳修煉的地方不對。」

男孩搖身一變，化為蛟形，修為卻明顯比女孩要高一些。接著，他有些期待道：「要不然妳在這裡和我一起修煉吧！我一個人，很寂寞的。」

女孩愣了一下，看著少年清澈的眸子，不禁點了點頭。時間一年又一年過去，他們相依為命。

那天清晨，女孩睜開眼睛時，赫然發現少年化為原形，在空中盤旋，大放金光。轉瞬之間，又化為神龍，沖天而起。

「你回來！不是說好一同修煉，一同成龍的嗎？」女孩反應過來，衝著天空喊道。她咬牙切齒，愈說愈氣。

「王八蛋！」她罵道：「你就是個騙子！」

但深淵距離天空實在太遠，遠到任何聲音還未等傳出去就會消散無蹤。幾天的時間轉瞬即逝，少年似乎再也不會出現。

「我不罵你了，你回來好不好？」女孩蜷縮在深淵深處，帶著哭腔道：「這裡很黑。」

金光自天空射下，照亮了深淵，一條神龍自雲層穿越而出，逕直落下。

即將落地時，神龍化為少年，站在女孩的面前。他拎著一個土裡土氣的麻袋，臉上蹭著焦黑的顏色，臨走前乾淨的衣服也變得髒兮兮的。

「你……沒走？」

少年搖頭，抓了抓頭髮，有些臉紅。他把手中的麻袋倒過來，無數丹藥被倒出，堆成小山。

他不好意思地笑笑：「我把附近的道觀都給搶了。」

善事

又是每隔三年的歷練，師父站在院子中，持著拂塵，道：「還是老規矩，誰先做滿一百件善事，誰就可以回山。」

他的面前是青白兩色衣衫的兩人，其中大一些著白衣的，便是師兄。

「前兩次，你師兄可都比你早回。」師父伸出手指，敲了一下小師弟的額頭。「這次，可不要偷懶了。」

「那是因為他年紀比我大。」小師弟癟了癟嘴，嘟囔道。

師父無奈地搖搖頭，打開山門，放了師兄弟兩人出去。

門口，小師弟哼了一聲，朝師兄所行的相反方向走去。

令小師弟萬萬沒想到的是，這次歷練，他竟是一路極順，有如神助。短短一週內，他便已完成師父要求的任務。

小師弟幫著老人找到了回家的路，在路口處與其揮手道別。這是最後一件善事，他興高采烈地上山，老人則步履蹣跚地下山。

五分鐘後，小師弟敲響了山門。

師父開門，看到是他，有些詫異。

「師兄回來了嗎？」小師弟小心翼翼地朝門後探了探頭。

師父笑著搖搖頭，道：「沒有。」

「我就說我最棒！」小師弟一下子挺起了胸膛，一臉驕傲地笑。「他當初就是仗著比我大才能先我回來，可是我長大了！」

「好好好，你長大了，你最棒。」

山下，老人呵呵笑。他端著酒盅，啜飲一杯酒，優哉地靠在藤椅之上，晒著太陽。

他的視線聚焦在被雲霧遮擋的山頂上，彷彿能透過其看到什麼一樣。

陽光下，他身形變換，化為白衣青年。

萬聖節

女孩的父母總是很忙，缺失朋友的她，一日復一日地閒在家裡。

萬聖節當天，當其他孩子都出去討糖時，無聊至極的她卻在閣樓翻閱舊書。她意外地發現了爺爺的筆記上有關於屋中所生存的一隻守護幽魂的記載，眼前一亮，欣喜地跑下樓，呼喚著幽魂的名字。

走到門口時，她突然聽到了細微的摩擦聲。

「嘿，你原來藏在這裡！」女孩嬉笑著拉開門，卻發現門口站著個戴著口罩的人。那人賊眉鼠眼，明顯不懷好意。

「萬聖節快樂呀，小姑娘。」門口的人愣了一下，隨即笑著揚起手裡撬鎖的工具。「真是得來全不費工夫……」

話未說完，壁櫥的門倏地打開。一縷乳白色的幽魂從中飄出，衝著歹徒狠狠一瞪。歹徒被嚇得屁滾尿流，急忙逃跑。

幽魂冷哼一聲，重新飄回了壁櫥。

「原來你一直住在這裡呀。」女孩敲了敲壁櫥的門。「陪我玩好不好嗎？」

「不好。」幽魂道：「人鬼殊途，這不合規矩。」

「就陪一會兒嘛。」女孩央求道，沒完沒了地嘮叨。

幽魂被吵煩了，齜出獠牙，猛地拉開門一吼。女孩被嚇得摔倒，不再作聲。

幾小時後，夜幕降臨。伴隨著砰砰砰的聲音，壁櫥又一次被敲響。幽魂剛要起身開門，想了想，還是停下了動作，沒有回應。

「不給糖就搗蛋！」敲門的聲音更響了。

幽魂無奈地嘆了口氣，一把將壁櫥拉開，齜出獠牙說：「信不信我吃了妳！」

「嗯……那個……」女孩怯怯的聲音從南瓜頭裡傳了出來。「現在咱們兩個一樣了。」

畫師

「哥哥，你畫得真好，比我在城裡集市見到的都好看。」

一直跟在男孩屁股後面的小女孩撐著下巴，目不轉睛地看男孩揮動畫筆在紙上畫下風景，不禁讚嘆道：「你給我也畫一幅畫，好不好？」

「我還差得遠呢。」男孩不好意思地撓了撓頭發，臉上現出了憧憬的神色。「我想做一名畫師，如果有一天成功了，我就給妳畫，畫得很漂亮。」

十年間，男孩不斷地練習畫技，拜了有名的畫師學習。他離家很久，再回來時，果真成了知名的畫師。

自那天起，幾乎每日都有達官貴人親自提著禮物登上少年的門，索求一畫。出落成大姑娘的女孩看在眼裡，心中記著男孩的承諾，卻又因害羞和自卑，不敢上前。

少年回鄉的第三年，生了一場大病，接連不斷的高燒燒壞了他的眼睛。他左眼徹底失明，右眼看到的東西，也變得極其模糊。

對一個畫師來說，眼睛是身體上最重要的器官。隨著失明而來的，是少年畫技的喪失。

從少年生病的那天起，便再沒有人來找他求畫。與此同時，女孩終於鼓起勇氣，進了少年那早已無人問津的家。她怕戳到少年的痛處，也沒提作畫的事情，只是每天不辭辛苦地照料著少年的生活，日出便來，日落又走。

有一天，女孩臨走時被少年拽住了袖子。少年吩咐其站好，跌跌撞撞地取來畫卷，小心地展開。

紙上繪著一襲紅裝的女孩，女孩身邊，則是掀起蓋頭的少年。只不過少年的臉龐一半精美，一半卻有些失真。

「這是承諾給妳畫的畫，本想畫好就送給妳，向妳求親，沒想到眼睛卻先壞了……」少年低聲道：「我看東西看不太清，剩下的一小部分拖了很久，直到昨天才畫好。畫得這麼難看，我本來不想給妳……」

女孩看著少年略顯慌亂的表情，忍不住噗哧一笑。

「我願意。」

手影

男人掌握著一項絕技，他能將自己的影子分割出去，化為各種動物。他四處遊歷，途中遇到了微服遊玩的公主，並與其相愛。然而國王得知後卻認定他是騙子，將公主召回宮後，便再不允許其出宮。

為了證明自己，男人向著王城進發，意欲求見國王。

走了大概一天後，男人在一家商店門口發現了一個坐在地上哭泣的男孩。

「小朋友，怎麼了？」男人伸出手揉了揉面前男孩的頭髮，溫柔地問道。

「媽媽給了我一塊錢，允許我買巧克力。」小男孩上氣不接下氣地抽噎道：「可是我在過馬路的時候把它丟了。」

「不要哭啦，哥哥給你看點好玩的。」男人雙手合十，在陽光下比出兔子的形象。兔子栩栩如生，扭動著屁股，跳出一段滑稽的舞步，將男孩逗得破涕為笑。

男人笑著走遠，背後，兔子在男孩的手中吐出一枚硬幣。

走了大概三天，路過一棵樹時，男人看到有姑娘在樹下啜泣。他前去詢問，原來是姑娘丟了少年送給她的戒指。

這一次，男人的影子化為一隻鴿子，將戒指叼了回來。

走到王宮時，類似的事情發生了許多起，男人送光了自己的影子。他因為無法向國王證明自己的能力，而被守衛趕了出來。

大雨滂沱，男人突然有些想哭。他無助地蹲下身子，任由雨滴打在背上。突然間，他的頭頂多了把傘。男人抬頭，是他自己的影子。

「抱歉，因為離得比較遠，現在才趕到。」影子說著，掏出一個袋子。「這個是那個男孩送給你的巧克力，他說吃了巧克力就會感受到幸福。這個是那個姑娘送給你的戒指，她說少年又偷偷給她買了一枚，你可以用它向公主求婚。還有這個……」

大雨中，影子掏出一樣又一樣東西，閃閃發光。

貓妖

醫院裡來了一隻貓妖，通曉人言，精通妖術。值班的醫生幾次三番想趕牠走，卻完全奈何不得。

「我可是這附近出名的大妖，別說逃跑了，就算是活死人醫白骨，我也做得到。就憑你們幾個，還想趕我？」每次耍得醫生團團轉後，小貓總是一臉的驕傲。

偶爾，牠也會隱去身形趴在值班的醫生身邊，幫助他們診斷。久而久之，醫生與牠熟悉後，便也放縱牠胡來了。

又是一天下班前，幾位醫生逗弄小貓時，門突然被推開。一個雙鬢微白的醫生冷著臉走了進來。幾位醫生都被嚇了一跳，急忙把小貓藏在身後。

「啊，主任好、主任好……」坐在門邊的大夫撓撓頭，訕笑道：「您還沒走哪？」

「走？幸虧我沒早走。在醫院養貓，這種事情要是讓患者知道，什麼後果你們不清楚嗎？」主任冷哼一聲：「明天我再來的時候，希望什麼都看不到。」

說罷，主任關門而去，只留幾個人面面相覷，苦澀地笑笑。

然而第二天，主任卻拎來一個大旅行箱。他一進屋便一把抓起小貓，將其塞到裡面。小貓幾次想鑽出來，卻都被他按了下去。

「你給我在裡面好好待著，院長一會兒要來會診。他可沒我這麼好說話，被他發現，是必然要趕你走的。」

小貓喵嗚一聲，安靜了下來。

會診持續了幾小時，緊接著，主任不得休息，又上了手術臺。十餘小時的高強度工作後，主任突然捧著心口摔倒，搶救持續了數分鐘後，宣布失敗。

「你給我在裡面好好待著！」

一道黑影闖進搶救室，跳躍起身，逕直落在了主任的胸口。突然間，心跳檢測器發出了滴的響聲。

主任深抽口氣，咳嗽著醒來。

「不好意思，剛剛睡著了，作了個噩夢……」主任還沒意識到自己從鬼門關走了一遭，他拍拍胸口，心有餘悸道：「我夢見自己被裝在一個行李箱裡，想要出來，卻不斷地被按回去……」

「真的是太可怕了……」

木星

太陽系初生時，木星便是所有行星中體積最巨大的那顆。數億年間，地球始終生活在它的陰影之下。

年復一年，無數歲月過去了，眾多兄弟中，地球唯獨厭惡木星。木星心中也知道地球的怨氣，卻無可奈何。

直到彗星群首次出現。

它們在太空中穿行，受到太陽的引力作用，衝進太陽系內，直衝著地球飛行。那是如蜂群一般的襲擊。一旦撞上地球，後果只有毀滅。地球眼睜睜看著那些不斷逼近的隕石，卻無計可施。

「嘿，別怕，一切都會過去的。」木星如往常般「虛偽」地對地球說道，聲音低沉得很。

在地球近乎絕望時，彗星群變換了個弧線，在地球詫異的目光下飛向了木星。

「我最大嘛，引力自然也要比你大得多，遇到這種情況，自然是我這個大哥擋在前面……」木星的聲音甚至還帶著點笑意。

緊接著，它的身軀被巨大的爆炸淹沒。

真空中，一切都歸於寂靜，爆炸所產生的亮度在瞬間超過了整個木星。灰色的雲朵揚起，高度甚至達到了地球的直徑。

撞擊沒有停下，第二次、第三次……十餘次撞擊接踵而來，在木星身上留下了永久的黑色疤痕。

「真是壯觀……」數十億年後的地球上，老人放下望遠鏡，吐了口氣。「這種規模的撞擊是太陽系出現以來的第幾十次了吧，真是多虧了木星……只是這樣下去，早晚地球也會歸入木星的懷抱吧……」

浩瀚太空中，地球遙望著木星龐大的身影，輕聲道：「那最好了。」

背後靈

「最近這腰，是越來越痛了。」男人摘下頭上戴的警帽，嘆息道。

他的同事看了看男人蒼白的臉色，心中想起一個傳說：「你不會是沾了什麼不乾淨的東西吧？」他道：「雖然幹咱們這行不應該相信什麼封建迷信，但你還是去找個道觀什麼的看看的好……」

男人本來沒往這方面想，聽了同事的話，心中也打起了鼓，一下班，他便去了社區裡最大的那座道觀，結果不出所料。

「你的後背趴了個背後靈，這東西每七天換一個宿主，以我的修為，很難將它收服。」道士微微皺眉。「我可以送你一小塊犀角，這東西能使其顯出原形，具體的結果，就要看你的造化了。」

男人回到了家，將犀角點燃，煙霧下，背後靈顯出了身影。「你為什麼要趴在我背後呢？」

男人問：「難道鬼也會有殘疾？」

背後靈閉著眼睛，沒有回答。

沉默了一會兒，男人發覺自己問錯了話，又急忙解釋：「我不是故意戳你的痛處的。

我知道你不是要吃我，你要是走路不方便，繼續趴在我背後也行。不用擔心，在人間，我會罩著你的。」

那背後靈詫異地睜開了眼睛，卻依舊沒有吱聲。男人也是沒心沒肺，竟然就不再擔心，反倒每天和背後靈嘮嘮叨叨，傾訴著自己做員警這些年經歷的各種惡，也不在乎沒收到回應。

七天的時間轉瞬即逝，男人下班時，意外地聽見呼救的聲音，是搶劫。他追了上去，按倒劫匪的一瞬間，他的小腹多了把三稜刺，直至末柄，從身後穿出。

「啐，多管閒事！」劫匪爬了起來，衝男人的身上吐了口痰。血汩汩流出，染紅了透明的身影。

「其實我是想吃你來著，今晚就要下手。」背後靈聲音低沉，隱含著暴怒。「但是現在吃不成了，而我很餓。」

狂風驟起，劫匪的靈魂被絞成了粉末，吸入背後靈的口中。

「你才沒想吃我……」男人艱難地笑道：「嗯……不知道陰間什麼樣，會不會很可怕……」

「沒有人間這麼險惡……」背後靈輕聲道，重新附上了男人的後背。

「不用擔心，我會罩著你的。」

饕餮

「將軍，此地妖氣四溢，這東西始終跟著咱們，恐怕心懷不善。」

軍師望著不斷騰躍的黑影，憂慮道：「還望將軍下令，許我派人將其趕走。」

「趕什麼趕，這不就是一隻小貓嘛，你看，多可愛。」將軍毫不在意地笑道：「只不過是跟著咱們討點吃的，你也要草木皆兵。」

「可是——」軍師皺著眉頭，出聲辯解。然而他話還未出口，就被將軍擺手打斷。

「你啊，在行軍打仗的事情上，確實有不二資質，但是這性格，卻是真的需要改改。」男人語重心長：「即便牠是妖，又怎樣呢？」

軍師還想爭論一番，卻被副官拍了拍肩膀，搖頭制止。

軍師自知拗不過，眼看著將軍摘下頭盔後跑過去抱起小貓親自餵食，雖有悶氣，也無可奈何。

行軍兩月，未見敵軍，終於安全抵達了最近的城市。然而剛有一半軍隊遷入城裡，城外便喊殺震天。

敵軍從埋伏的山林裡洶湧而出，攻城器械一字排開，瞄準了城牆。僅僅幾分鐘間，城牆便搖搖欲墜。

小貓從將軍的懷中躍出，跳上城牆。落地時，顯出饕餮原形，身軀早已暴漲不知多少倍。牠仰起頭來，如深淵般的巨口赫然衝著敵軍的糧草戰具張開。

狂沙散去時，饕餮與敵軍的糧草早已不知所蹤。守城的部隊趁機而出，大獲全勝。

「我就說，那隻貓一定有問題！」軍師哼道，隨即又嘆了口氣。

「可即便牠是妖，又怎樣呢？」

蜘蛛

天空中烏雲密布，暴雨即將到來。男孩的媽媽來找他時，已經有雨滴從天空中落下。男孩從牆角邊站起接過媽媽手中的傘，卻沒有離開。他重新走到牆邊，張開傘，蹲下了身子。

牆邊的縫隙中，一隻小蜘蛛正伸頭向外看去。看到探進來的手指時，誤以為那是獵物的牠，興奮地弓起了身。

小蜘蛛撲向手指的瞬間，男孩便將其送進了瓶子。牠不斷掙扎，拚盡全力，卻怎麼也逃脫不了束縛。直到大雨傾盆，看到自己的巢穴被毀時，小蜘蛛才終於意識到是男孩救了牠的性命。

男孩被暴雨澆成落湯雞，跑進了父親的車子。他的屁股挨了一巴掌，受了訓斥，卻一直抓著瓶子傻傻地笑。幾小時後，雨過天晴，男孩放走了小蜘蛛，一蹦一跳地跑遠。

時光荏苒，男孩的個子竄了起來，相貌變得英俊。唯一不變的，就是依舊不善言辭。學校樹林的小路間，少年小心翼翼地望著身邊的女孩。畢業將至，他心懷愛慕，卻不確定女孩的心意，約女孩出來散步也遲遲不敢表白。

路很短，轉眼間便要走到盡頭。

「啊，蜘蛛！」

女孩突然感覺臉上一陣搔癢。她伸手一摸，發現是道蜘蛛網，下意識地閉上眼睛，驚叫出聲。

與此同時，女孩腳下踉蹌，直接撲進了少年的懷中。她雙頰泛起紅暈，剛想抽身，卻被少年擁住。

路燈下，蜘蛛熟練地抽著絲，爬向樹叢，靈巧地落回巢穴。牠補了補蜘蛛網，鑽了進去，懶洋洋地爬著。

「嘿，救你命的機會是等不到啦。」牠輕聲笑道：「不過用這樣的方式報答你，也還算如你的願吧？」

「她撲向你的樣子，可比我當年狼狽多了。」

鸚鵡

少年在花鳥市場買了一隻羽毛光鮮的鸚鵡。

大概是玩心太重，又頗為好勝，自買回鸚鵡的那天起，少年就開始沒日沒夜地教其說話。但事情總是不遂人願，任男孩如何努力，鸚鵡卻是絲毫不屑搭理。

少年甚至以斷糧相逼，那鸚鵡倒也硬氣，幾日不吃不喝也全沒有屈服的意思。不要說是學人說話，就連叫都不肯叫一聲。

幾次後，少年終於放棄。然而就在放棄當晚，父母與朋友在家中打過麻將後，鸚鵡突然開了口。

麻將術語不斷從鸚鵡口中吐出，吵得少年不得安寧。這種情況從前一天晚上開始，一直持續到了第二天中午。

「閉嘴！」少年忍無可忍地怒罵：「之前熄火，現在又沒完沒了地叫喚，要你有個屁用！」

他怒不可遏地將鸚鵡扔到了客廳，重重地摔上門，才終於感到一絲安寧。一整天，他終於不再需要因為鸚鵡而心力交瘁。

傍晚時，防盜門鎖轉動的聲音響起。少年從臥室出來，卻感覺到有一絲不對勁。他趴在貓眼前向外看去，冷汗瞬間就從額頭滑下——一個戴著口罩的男人，正拿著工具撬鎖。

「哈哈哈哈！自摸，我胡了！」刺耳的聲音從少年的身後傳來。

撬鎖的聲音猛地停住，再沒響起，少年再去看時，男人早已逃跑，不見了蹤跡。

少年愣了會兒，急忙取了一把鳥食，跑到鸚鵡的籠子前道歉。那鸚鵡看了看，偏過頭，絲毫不理他。

少年心中愧疚更深，又繞到鸚鵡的面前，祈求原諒。

「閉嘴！」

鸚鵡突然吼道：「之前熄火，現在又沒完沒了地叫喚，老子要你有個屁用！」

畫中人

男孩單手執著畫筆，輕輕落下。

他面前原本蒼白的紙張上，湛藍色的天空自邊緣漫出，襯著明亮溫暖的太陽。嫩綠色的春草勃然向上，散發著雨後好聞的清新氣息。

男孩歪了歪脖子，又在無垠的草原上，畫下數隻綿羊。放羊的孩子將小鞭子插在後腰，雙眼瞇成一條縫，唇角帶著笑意。他拿著小笛子，吹著自己最喜歡的那首小調。

草原的盡頭，是一座雪山，有河流自冰川發源向下，聚成小溪，又滲入地下。白色的母狼站在溪邊飲水，不時回頭。牠望著蹣跚著腳步的毛茸茸小狼，眼裡盡是慈愛。

有魚兒躍出水面，驚得小狼後仰，與兄弟姊妹摔作一團。

男孩又一次落下畫筆，在太陽照不到的地方畫下了星空銀河。流星拖著長尾從天幕中劃過，看到的孩子們歡呼雀躍著，雙手合十，許下願望。

屋中，幹了一天農活的男人在油燈下看書，身後是為他按摩肩膀的妻子。

男孩看著自己的畫作，笑得燦爛。他放下畫筆，眸子閃閃發光，洋溢著幸福。

畫家落下最後一筆，在正作畫的男孩的臉上點下一個酒渦，滿意地點頭。

「嘿，小傢伙，誰知道你我是不是同為畫中人呢。」畫家自語，搖頭笑道：「把你畫得幸福一些，希望畫下我的那個人也能同樣待我。」

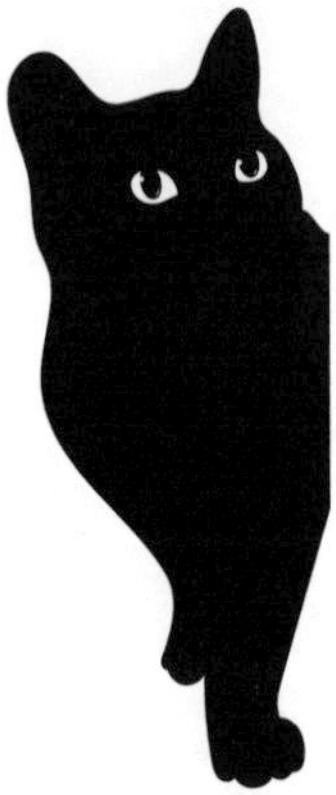

食夢貘

食夢貘在空中穿行，嗅著新鮮的夢的氣息。

食夢貘是一種奇異的生物，生活在深夜的陰影之中。牠的每個族人，包括牠自己，都以夢為食。

於牠來說，美夢是不可多得的美味，然而食夢貘卻格外喜歡看那些孩子睡著時的笑臉。正因如此，食夢貘從不打斷那些作著美夢的孩子，只是悄悄繞過，去尋找下一個目標。

噩夢不能算好吃，卻也不至於無法下嚥。唯一的缺陷就是食夢貘每次食夢，都會同時讀取噩夢中那或恐怖或悲傷的記憶。

年輕的築夢師剛剛搬家到這座城裡。他在遠處看著食夢貘吃掉孩子的噩夢後淚流滿面的樣子，不禁笑出了聲。

日復一日，食夢貘仍舊吞著噩夢。每晚過去，他都會因那些噩夢傳達的負面情緒而心情抑鬱，卻又在看到那些面帶笑容的孩子後重新振作。

這天晚上，食夢貘卻意外地沒有嗅到噩夢的氣息。牠遊蕩了整個街區，一個窗戶接著一個窗戶去搜尋，也沒能找到噩夢。

築夢師在食夢貘的不遠處看著，手指尖不斷散發著微光。豆大的汗珠從他的下頜滴落。

「好餓……」食夢貘喃喃道。牠徘徊了許久，終於取出一個孩子的美夢，囫圇吞下充飢。那充滿著奶香般的甜美的夢，令食夢貘口水大增。

緊接著，正回味著孩子夢中記憶的食夢貘愣住了。

那一晚，所有的孩子都作了同一個美夢：有一隻背負雙翼的食夢貘抽走了所有人的噩夢。

移動城堡

年少的王子即位時，國家已經處於風雨飄搖的境況。
老國王在戰場上御駕親征，不幸中箭犧牲。邊塞的境況愈來愈差，軍隊已經難以抵禦外敵的入侵。
短短數日，敵軍便勢如破竹，闖入了國家的腹地。
小王子的父親將城堡留給了他。這城堡不知從何時開始存在，裡面藏著一隻守護靈，世代守護著小王子的家族。或者可以說，整座城堡都只是守護靈的身軀。
「你是不是很強大？」年輕的小王子好奇地問，還沒意識到國家的危機情況。
城堡的聲音悶悶的，如同雷聲被蒙在鼓中：「大概吧。」
小王子有些驚喜地說：「那你能不能載著我，去殺了那群壞蛋？」
「不能。」城堡沉默了一會兒，道：「你父親交給我的任務是保證你的安全。」
小王子皺眉道：「現在我才是國王！」
城堡不說話了，似乎是在思考什麼，過了幾分鐘後，仍然吐出了「不能」二字。
小王子氣鼓鼓地不再說話，回了自己的房間。誰也沒想到，當晚敵軍便殺到了城下。

仍懷著一腔熱血的小王子聽到警報的號角聲，興奮地穿上甲冑，拎起寶劍，衝出了城堡。

面前是一片不知是何處的荒蕪之地。

「你逃什麼！」小王子憤恨道：「父親不是告訴過你，一切都要聽我的話嗎？國家興亡之際，你怎麼可以帶著我逃走？」

那城堡卻悄然無聲。小王子憤恨地離開，摸索著回家的路。

數天以後，小王子終於回到了自己的國家。他在街邊拉過一人，急忙詢問戰況。

「那天小王子操縱著老國王留下的戰爭巨獸橫掃了全部敵人！」那人興奮道：「唯一的遺憾，大概就是那巨獸隕落了。即便如此，咱們也獲得了勝利！」

小王子愣住，順著原路跑回。

那處荒蕪之地，哪裡有什麼城堡！

降妖

「這是我修行數十年才悟到的降妖之術。」男人把手中的冊子交到兒子的手中，鄭重其事道：「若你能悟出其中精華，則可依此防身。若術法大成，再下山行走江湖，就可以不懼一切魑魅魍魎。」

男人拍了拍兒子的肩膀，又補充道：「嗯……對了，小心不要讓你娘看到。」

「可是我不想降妖除魔。」男孩小心翼翼地看了一眼自己的父親，怯聲道。

男人愣了一下，眉毛立了起來，說：「為什麼？」

「因為……那些小妖精都很可愛呀，我不想傷害牠們。」男孩嘛著嘴道：「那些長得特別凶的妖精，又很怕媽媽……你之前不是還說媽媽是妖界公主什麼的……」

「幼稚！」

男人冷哼一聲，隨即又苦口婆心道：「兒子啊，你就信我一句，這些技能對你來說百利而無一害呀。你現在還小，等你長大了，自然就懂我的用心良苦了。」

「可是——」

「沒什麼可是！」男人打斷他的話。「你只看到那些妖精可愛的一面，卻不知道，真正危險的，反而就是這群可愛的妖精。」

「她們表面上柔柔弱弱，笨手笨腳，說話聲音糯糯的，動不動就臉紅。可實際卻凶惡得很！」男人痛心疾首道：「唉，兒子，你還年輕，不理解我現在說的話。當初你爹我就是涉世太淺，以致深受其害。所以今日我一定得傳授你功法，免得你日後重蹈我的覆轍！」

男孩看著父親大義凜然的樣子，一邊接過其手中的小冊子，一邊不禁問：「那你為什麼不修煉呢？」

「這個……」男人有些尷尬地說道：「有點晚了……」

「晚了？」

「你問那麼多幹什麼！」男人耳朵泛紅，氣急敗壞。「我又不會害你！這功法……」

「什麼功法呀？」男人身後傳來了糯糯的聲音。

男人渾身一震，一把將冊子奪回，塞入懷中，嬉笑道：「兒子說想修些健體的功法，以後行走江湖也好防備些妖魔。我就教育他，說媽媽是妖界公主，你還怕什麼……」

女人笑得瞇起了眼說：「是嗎？」

「肯定是呀！對了娘子，妳之前看上的那款新出的胭脂，多少錢來著？」

龍與騎士

巨龍闖入了王宮。

騎士作為王國的第一高手，前去護駕時，發現王宮內僅剩下了國王一人。

「那條可惡的巨龍搶走了我的女兒。」國王驚魂未定，顫顫巍巍地說道：「我命令你去把她救回來，只要你能成功，我就把女兒嫁給你，封你做駙馬。」

騎士入宮兩年，從沒聽說過國王有女兒。儘管滿心疑惑，他仍答應了下來，甚至有些驚喜。

他即日啟程，穿越數十里後，終於闖入了巨龍盤踞的城堡。

巨龍用爪子撐著下巴，道：「國王那個老頭說話倒挺算數。」

「公主呢？」騎士望著空蕩蕩的大廳中央坐著的巨龍，愣住，放下了剛舉起來的劍。

「哼，公主公主公主，你腦子裡怎麼總想著公主，這個世界上哪來那麼多公主會被巨龍抓走。」巨龍哼了一聲：「再說了，你沒見過公主長什麼樣，就敢娶她？萬一很醜怎麼辦？」

「但是童話裡都寫……」

巨龍躍起，散發著威嚴。牠在空中化為身著赤色長裙的少女，撲倒騎士，速度快到騎士連劍都來不及拔出。

「童話可沒寫過，你能打得過一條龍。」

騎士被巨龍壓制著，這才意識到自己根本沒有絲毫打敗巨龍的機會。

少女的嘴角揚起一絲笑意。

「童話裡也沒寫過，我不比任何一個國家的公主差，並且愛上了一個騎士。」

將軍

寒冬降臨，邊塞的樹林裡盡是積雪，白茫茫橫貫一片。

正在巡邏的士兵，卻意外發現雪中有處黑點。他走上前去，發現一隻瘦弱的松鼠躺在雪中，似乎要被凍死。

他想了想，在松鼠身邊生了火。幾分鐘後，松鼠醒了過來。牠頗有靈性，尋了一枚松果，塞到士兵的手中，似乎是要感謝其救命之恩。

「哎，這個我可不能收。」士兵道：「我可是要當將軍的人，要有大家之氣。」

松鼠再三堅持，卻都被拒絕，最後有些不滿意地叫了一聲，跳躍著跑開了。

數年過去，士兵果然如願成為守城將軍。上任的第一年，只遇到了一支閒散的軍隊圍城。

將軍志得意滿，心想如此軍隊，待補給一到，養精蓄銳，必能將其打得落花流水。

然而數天過去，補給卻始終沒有消息。直到馬弱人衰時，他才得知，補給早就在數十里外被搶劫殆盡。

夕陽落下之前，將軍最後看了一眼城外的大軍，嘆了口氣，糧草被劫，士卒乏累，只怕這城，是想留也留不下了。

「明日清晨，我便出城投降。」將軍低聲道，聲音中充滿著不甘。「那時我會自刎於城前，以求對方保你們安全。」

「將軍，萬萬不可啊！」

將軍卻搖搖頭，不再說話，把自己關在屋中。

一夜大風，窸窸窣窣的聲音在帳外傳來，似乎就連老鼠都因無糧而遷徙。天剛矇矇亮時，將軍便穿好了盔甲，佩劍而出。

由糧草堆成的小山堆滿了營地，無數松鼠穿梭往來。小山的頂端，坐著一隻松鼠，牠抬手，將松果扔向將軍。

「喏，收下吧，就別矯情了。」松鼠道：「誰還不是將軍咋的？」

天使

一個月前，一位年輕的獵魔人搬進了城裡。任何黑暗生物都不知道他的真實面目，卻無時無刻不感受著他帶來的壓力。

盤踞在此的吸血鬼，自那天起便開始逐日減少——他們必須進食，卻又無法抵禦獵魔人的捕殺。

黑夜降臨，月光下，一抹暗影穿過街區，進入一間沒關窗子的屋子。屋子正中擺著一張床，一個少年睡得正熟。

身後長著一對白色羽翼的人深呼吸幾次，走到了男孩的床邊。他正要動作時，少年突然驚醒，坐了起來，揉了揉眼睛。

「你是……天使？」少年一愣，下意識問出聲。

「天使」急忙點頭承認，連連安撫。

少年重新躺回床上，似乎是安下心來，不多時，呼嚕聲便重新響起。

看到少年睡著，「天使」長出口氣，擦了擦額頭的汗。他摘掉了翅膀上做掩飾的羽毛，一對蝠翼張開，顯露出血族的模樣。

「獵魔人太可怕了，只好裝成這個樣子……說起來，我可是有史以來第一個用這種方式吸血的血族。」他低聲自語，接著先用注射器抽了少年的一管血，又從口袋裡摸出一張ＯＫ繃，貼在了扎針的地方。

「這樣就不會把你變成我這副鬼樣子了……」吸血鬼看著ＯＫ繃，嘆了口氣。他抖抖翅膀，從窗戶躍出，飛離街區。

枕頭下，少年的手鬆開了緊握著的銀白色的十字架。他翻過身，望向吸血鬼離開的地方。

「裝得那麼敷衍，一眼就認出來了。」少年搖頭輕笑。「你可是我有史以來第一個失手的獵物……」

「居然用這麼少女的ＯＫ繃。」

月亮的樣子

女孩生來就是盲人。儘管生活艱難，女孩卻憑藉著聽覺、觸覺等感受著世界。又是深秋，女孩摸索著走過山路時，意外聽到了細微的驚恐低鳴。她走上前，才知道是獵人捉了一窩小狐狸帶回家供兒子玩樂。

女孩不忍，咬牙掏出身上不多的錢，買下了獵人手中的小狐狸們。夜幕降臨，女孩摸了摸懷中的小生命，然後撒開了手。小狐狸們叫著，竄入叢林。

「妳救了牠們，我可以滿足妳一個願望。」女孩的身後有聲音響起。「我是這兒附近的狐仙，剛剛那窩小狐狸是我的族人。」

「我想知道月亮是什麼樣子。」女孩有些驚喜，小心翼翼地說道，生怕自己的要求過分，惹急了那狐仙。「我能感受到太陽的溫暖，能感受到身邊各種事物的形狀，卻感受不到月亮的樣子。」

狐仙點了點頭，對著女孩的額頭彈出一抹銀光。

「月亮是甜的。」女孩皺了皺鼻子。

「月亮是圓的。」女孩的腦海中浮現出她想像中的月亮。「是亮的，還是暖的。」

「月亮上有棵樹。」女孩滿面憧憬。「有桂花的香氣……月亮是蜜餞餡的。」

「月亮是冷的，盡是灰塵與沙礫，談不上什麼味道。它也不圓，到處都是坑坑窪窪的隕石坑，凹凸不平。」狐仙笑笑。「上面更沒有桂樹，妳說的那些，都是妳幻想的月亮。」

「甜的是妳，暖的是妳，蜜餞餡的也是妳。」狐仙的指尖溢出一抹銀光，飛入女孩的雙眸。他瞇著眼睛笑道：「不過有一點妳說對了，月亮有光。妳看——」

女孩下意識地抬頭，看到了天空中的那輪皓月。

「我能看到了……」她愣住，好久才緩過神來，驚喜地看向旁邊，卻沒有了狐仙的蹤跡。

「一個小贈品。」有狡黠的聲音隨風傳來。

刺青

「小姑娘家家的，妳才多大？」刺青師蹺著二郎腿坐在椅子上，翻了個白眼。

「怎麼，還怕我未成年？」女孩有些不滿道：「你多慮了。」

刺青師正過身子，盯著女孩稚嫩的臉，笑出了聲：「倒不是怕妳未成年，只是紋身這東西，紋的時候容易，想去掉可就難了。你那小男朋友才多大，以後的事情誰也說不好。」

「你管我呢，話那麼多，我又不是不付錢。」女孩皺起了眉頭。「你到底紋不紋？不紋我就去別家了。」

「我就是提個建議嘛，妳急什麼。」刺青師從桌子上拿過一本畫冊，指著上面的圖案道：「與其紋別人的名字，還不如紋隻小狐狸，妳看，多可愛。」

「我就要紋名字。」

刺青師拗不過她，只好無奈地搖搖頭，在女孩的腳踝處紋下了名字。正如刺青師所料，男朋友對女孩當初許下的山盟海誓，不到一年時間就不知被拋棄到了何處。女孩分了手，以淚洗面了幾天之後，蹣跚著去了酒吧。幾杯酒下肚，女孩的眼前開始模糊。

酩酊大醉的女孩從酒吧出來，被門口的小混混架住，前往附近的酒店。她感到一絲危險，卻因醉酒而無力掙扎。

一道金光從女孩的腳踝綻放而出，紋身消失的同時，金色的狐狸躍起，將女孩身邊的混混震飛出去。

數公里外的刺青店，刺青師喝了口酒，看著空中飛回來的金光，打開了畫冊。金光一閃，鑽入其中畫著小狐狸的那頁。

「都說了，小狐狸比較可愛，妳還不信。」刺青師笑著搖頭。「害牠在那幾個字裡憋了這麼久。」

父親

「爸爸走了，去了很遠很遠的地方。」

男孩的母親緊緊抱著他，聲音哽咽，眼淚染溼了大片衣服。

親戚來來往往，也不時有父親的朋友來安慰母親，摸著男孩的頭，告訴他要堅強。

男孩懵懵懂懂地望著靈臺上的黑白照片，隱隱意識到了什麼，內心卻不敢確認。

但事實無法改變，男孩的父親出車禍去世了。

喪事辦完後，男孩重新回到學校。父親去世的消息似乎在學校裡傳遍了，同學看他的眼神也有了些許不同。男孩不喜歡那種充斥著同情的眼神，放學後，他一反常態地沒去踢球，而是直接向著家的方向跑去。

剛出校門，幾個曾經圍堵過男孩的高年級學生便將他堵在了小巷裡。為首的混混一臉痞氣地笑道：「兄弟手頭有點緊，借點錢花花吧！」

「你們要是敢動我，我就……」男孩喊道，聲音卻越來越小。

「叫你爸教訓我？」混混笑了起來。「又是這個，你以為我們現在還會怕？你爸都被車撞死了，你個沒爹的小雜種。」

「爸爸才沒死！」男孩哭著喊道，一把將混混推開。

「敬酒不吃吃罰酒！」混混冷哼一聲，舉起手中的球棒，狠狠衝男孩身上打去。

半透明的身形突然閃現，壯碩的男人伸出手，輕輕捏住球棍。

混混大驚失色，後退數步，險些摔倒。

父親的幻影擋在男孩的身前，父親慈愛地揉亂了他的頭髮。

「還沒看到你長大，我怎麼會走？」

龍劍

「劍？」老人有些詫異地看著面前的小男孩，問：「你才幾歲？買兵器做什麼？」

「我已經十七歲了！五十年前，十七歲的屠龍戰士雷歐已經殺死了惡龍！」小男孩興奮地解釋：「他是我的偶像，我要鑄一把和他所持的相同的劍，學習如何戰鬥。」

「這可不行。」老人笑著搖了搖頭。「我這鐵匠鋪也不是什麼活都接的，你一個小孩子，我不可能賣給你刀劍這種東西。」

小男孩一愣，沒想到會遭到拒絕。然而無論小男孩再怎麼請求，老人都只是笑咪咪地拒絕。

儘管第一次就遭到了拒絕，小男孩卻從來沒放棄，足足磨了老人大半年。

半年後的一天，男孩沒能按時到來，反而使老人有些不習慣。

「爺爺快逃！」門突然被推開，小男孩衝進屋子，磕磕巴巴地說道：「是……是惡龍！牠們衝進城裡了！」

似乎是為了驗證男孩所說的話的真實性，他的話音剛落，如蛇頸般的龍首便撞碎了屋子的大門，直衝小男孩而來。

「砰！」皮靴狠狠踩在龍的頭頂，將其踏在地上。

「我允許你進來了嗎？」老人挑了挑眉毛，語氣不善。他從牆上隨便摘下一把鏽蝕的鐵劍，揮手劈下。

粗糙的刀刃輕易地斬開了堅硬的龍鱗，將龍首割下。

「等我出去解決掉牠們。」鬚髮花白的老人揉了揉小男孩的頭髮，笑道：「你看，你一直想要的就是這樣一把破劍，沒什麼大不了的。」

「你真想要，我一會兒用完送給你吧。」

船

老船長坐在酒吧的吧檯前，灌下去一瓶蘭姆酒。
「我這船可不是一般的船，全海域最快，有靈性，能聽懂我的話，我讓它加速，它就會加速。」老船長打著酒嗝，衝對面的酒保說道：「你別不信，這是真的，要不你以為我憑什麼能在其他船出海一次的時間裡出海兩次？」
「你的船好，航海技術也好，又不是沒人知道。」酒保無奈地笑笑。「編出這種故事來表達謙虛，反而會讓其他人覺得你是在炫耀。」
「是嗎……」老船長搖了搖頭，神情有些落寞。「但是，確實也有它的功勞啊，為什麼沒人理解……」
酒吧裡的人哄笑，這種話，老船長說了不只一次。
夜深了，老船長拎著酒，回到船上。他拍了拍側舷，嘆了口氣。
接著，有陌生人在他眼前出現。
「我這船可不是一般的船，全海域最快。」老船長坐在甲板上，醉眼矇矓。
一把燧發槍頂住了老船長的下頜，一名海盜蹲在他面前，冷笑道：「是嗎？」
老船長一愣，卻繼續道：「有靈性，能聽懂……」

槍口綻放出火焰之花，血液橫飛。

老船長死了。

「財不露白，蠢老頭，沒人教過你嗎？」海盜冷笑道：「還能聽懂說話？我讓它加速，它能加速嗎？」

「當然能。」

月色下，巨大的船猛然加速，撞向礁石。

刺客

刺客接到命令，刺殺敵國公主。

公主是千年一見的軍事天才，第一次指揮戰爭時，就解決了兩國多年膠著的局勢。

夜黑風高，刺客翻越重重障礙，進入了公主的房間。他盯住公主心臟的位置，直撲而去。

匕首劃破黑暗。

公主卻彷彿早有準備，她掐住刺客的手腕，將其摺倒。她摘掉刺客的面巾，發現是個少年，揚了揚眉，奪下匕首。

「這麼小就學人當刺客，不學好。」公主說著，鬆開少年。「走吧，別再來了。」

「我一定要殺了妳。」少年惡狠狠說道：「妳不要以為放了我，我就會手軟！」

「隨時奉陪。」公主眨了眨眼睛，笑道。

少年冷哼一聲，從窗戶躍出，閃身不見。

公主笑笑，繼續推演沙盤，計畫第二天的戰役。

一個月後，少年又一次前來刺殺。結果不出所料，仍是被奪下武器放走。

如此每月一次，少年總不甘心。他一次又一次嘗試，這樣持續了數年。後來，公主甚至教給少年刺殺的技巧。兩人竟是有了那麼一絲亦敵亦友的味道。

刺客從天而降，把刀抵在公主的後腰上。公主一怔，緊繃的肌肉放鬆下來。

「你變強了。」她說道。

「是妳對我不再警惕了。」少年搖搖頭，將刀收回，掏出一束乾枯的花，羞澀地笑笑。

「很久以前就想給妳了，只是沒想到，這麼久才打敗妳。」

酒

男人最好飲酒，每天晚上，一定要去村子盡頭的小酒館買上幾兩米酒。他武藝高強，行俠仗義，每次酒館中有人鬧事，都是他出手平定。一來二去，酒館老闆的小女兒，便傾心於他。

「我要嫁給你。」在男人填了參軍的榜後，女孩把他堵在酒館門口。

「別扯了。」男人笑著擺手。「我馬上要去參軍了，上了戰場能不能回來都是兩說，妳怎麼嫁？」

女孩倔得要死。「我不管！」

男人無奈，半開玩笑地安撫她道：「要是能活著回來，我就娶妳。」

女孩倒是當真，煞有介事地與他拉鉤。

七年後，男人終於衣錦還鄉。他在家待了近半個月，也沒下定決心去小酒館。明明當初自己是開玩笑，此時反而卻有點怕那姑娘把自己忘得一乾二淨。

糾結再三，男人終於還是去了。他像七年前那樣點了罈酒。女孩見了他，卻沒有任何特別的反應。

「她果然已經忘了我了。」男人有些落寞地自嘲道：「想想也是，誰能等一個杳無音信的人七年？」
他嘆了口氣，仰頭把酒罈中的酒倒進嘴中。男人咂了咂嘴，口中酒香四溢。一罈酒下肚，本就心情有些壓抑的男人已經有了七分醉意。
「姑娘！」男人叫：「這酒好喝，再給我來一罈！」
那女孩坐在男人對面的椅子上，用手撐著下巴。她露著小小的酒渦，甜甜地笑著說道：「客官，沒有酒了。」
男人眉毛一豎，說：「妳這是酒館，怎麼可能沒有酒？」
「因為你傻。」女孩氣鼓鼓地嘟起了嘴。
「藏了二十多年的女兒紅，當然只有這一罈。」

斥候

士兵作為斥候，率先被派入街區。街區裡所有人都提前撤離了，唯獨一間院子裡，蹲著一個孩子。

士兵小心翼翼地上前，開口問：「你在幹什麼？」

「栽花。」男孩似乎有些害羞。他被嚇了一跳，向後縮了縮脖子。

「那你父母呢？」士兵皺了皺眉頭。「他們沒在這附近嗎？」

男孩支支吾吾，好久也說不清話。士兵詢問了半天，才瞭解到男孩的父母已經在戰爭中去世了。

「我不喜歡戰爭。」男孩說道：「我喜歡花……我的父母也喜歡花，可隔壁的奶奶說，他們再也見不到了。」

「叔叔也喜歡花。」士兵有些動容，伸出手，摸了摸男孩的頭。「既然如此，叔叔就不讓其他人進來。」

第二天清晨，戰役打響。然而無論敵我雙方任何一個士兵接近男孩所住的房子時，都會被士兵的子彈打在腳下。雖然不曾傷害到誰，但子彈一發接著一發穩定地射出，壓制了直徑數百尺內的所有人。

戰役結束後，士兵便被本國的士兵帶走，據說上了軍事法庭。而戰場上充斥著火焰，唯獨男孩居住的房子，沒有沾染一絲戰爭的氣息。

六年過去，當初的男孩已經成長為少年，他終究還是沒能避免參軍。戰爭仍然沒有結束，只不過當初的士兵，早已換成了另一批人。

似乎是為了紀念六年前的那名士兵，少年也成了一名斥候。戰役開始前，他被率先派入墓園。他在偵查時，意外見到了士兵的墓碑。

「嘿，我找了你很久，原來你在這裡。」

少年在墓碑上放下一朵已經乾枯的花，那是他六年前所栽的唯一剩下的一朵。他扛著步槍，坐在墓碑前方，瞄準了己方士兵的腳底。

「現在……我們都是士兵了。」

取心

大陸上有五個王國，幾十年來，紛爭不斷。五個國家的國王都想一統天下，為此甚至不惜讓民眾數十年如一日地處於水火之中。

其中一個國家的術士對國王說：「在大漠深處的魔窟中，生活著一個女妖。傳說只要取到她的心，便可稱王天下。」

國王聞言大喜。他吩咐士兵綁架了大陸最強騎士的父母，以此要脅其前去獵殺女妖。

騎士本不願插手政治，卻終究難以置身事外。他進入大漠，執利劍一路奔襲，最終在魔窟深處與女妖相遇。女妖不諳世事，一臉好奇地左瞧右看，騎士抬劍欲揮，她也絲毫不知道閃躲。

騎士嘆了口氣，把劍扔到一邊，彎下腰摸了摸女妖的頭。「別怕，我不殺妳。」他說道。

騎士住進了魔窟，他猜若是國王以為他死了，或許還能饒他父母一命。女妖原本孤身一人，這下有了伴，每天纏著騎士給她講外面的事情。騎士倒也樂得清閒，便把自己身上發生的事情講給女妖聽。

轉眼過了半年，這天清晨，騎士醒來時，意外地發現女妖竟比自己起得還早。女妖風塵僕僕，手中拎了五個包裹，顯然是剛從外面回來。

騎士嗅到了包裹裡的血腥氣味，皺了皺眉。他打開其中一個，嚇了一跳，那包裹裡赫然是自己國家那暴君的頭顱。他目瞪口呆地看著面前擺成一排的五個包裹，吃驚到下巴幾乎要碰到桌面。

「這……這是……」他磕磕巴巴地開口問道。

「五大王國國王的首級。」女妖狡黠地笑了笑。「就當是你殺的。既然他們殘暴不堪，那這皇帝就你來當好了。」

騎士帶著女妖回了國。他本就威望極高，被壓迫已久的人民歡呼著將其捧上皇位，發自內心地尊他為領袖。

「妳願意做我的王后嗎？」登上王位的那天，騎士向女妖表白。

女妖紅著臉點了點頭。騎士大喜，接著突然想起了那個關於女妖的傳說。

他一愣，不禁莞爾一笑。

「原來是這麼取心。」

殭屍

「你說，世界上是不是只剩咱們兩個人類了？」女孩神色黯然地問道。

「怎麼可能？」男人搖搖頭。「那些殭屍厲害歸厲害，終究是沒有智慧的。」

他與女孩已經相依為命一年了，自從殭屍病毒爆發，男人便把她當成自己的親生女兒照顧。

這天女孩睡醒後意外發現，男人的臉頰竟有些腐爛。她驚叫一聲，急忙向後退去。

「不用叫啦，咱倆是一樣的，是我對不起妳。」男人聲音低沉。「我在外面被殭屍咬到，感染了病毒，又在妳睡覺時襲擊了妳。意外的是，咱們兩個似乎保留了智慧。」

女孩終於還是嘆了口氣。變成殭屍之後，兩人生存變得容易許多。城市中遺留的方便食品足夠他們消耗到變質為止。又過了幾年，兩人在城市周邊終於發現了活人的蹤跡。

「是人類！」女孩驚喜道，隨即又垂下了眼瞼。「可我們現在是殭屍，被人類發現的話，會被殺的吧。」

外面的人類越來越多，殭屍一個接著一個被獵殺，人類甚至開始逐漸深入城市。

女孩從未想過，竟然還有這麼多人活了下來。或許過一個月，也或許過一年，城市裡便再見不到殭屍的蹤影。

「你說，世界上是不是只剩咱們兩個殭屍了？」女孩問道。
男人心疼地摸了摸女孩的頭，嘆了口氣。
一天清晨，男人搖著女孩的肩膀將其叫醒，說：「有人來了，我帶妳去個地方。」
女孩問不出目的地，只得渾渾噩噩地跟著男人走。大概走了半天，兩人眼前出現了人類的基地。
「這是……」
還不等女孩問出話來，男人的頭顱便被子彈掀飛。女孩嚇得跌倒在地，呆呆地看著士兵從遠方跑來，停在她的身邊。
「報告首長，屍王已被擊斃！」為首的士兵衝著對講機喊了一句，接著笑著對女孩解釋：「妳還真是命大，每一億個殭屍中就會出現一個留有智慧的屍王，領導屍群，咱們人類可是吃了不少虧。」
「不過不用怕，這應該是世界上僅剩的最後一個殭屍了。」

魔頭

少年從小的理想便是成為一名大俠，懲惡揚善，抑強扶弱。

他沒有老師，就跟著小說裡寫的招式練習武功。他沒有神兵利器，就到村子裡的鐵匠鋪討了把鏽蝕的破鐵劍，磨磨鋒刃倒也勉強能用。

隨著年齡增長，少年的理想不但沒被磨滅，反而對他的影響越來越大。

他聽說鎮子裡有個遠近聞名的魔頭，從十多年前起便興風作浪，任誰都無法將其擊敗。少年自覺武藝小成，於是拎著破劍前去討伐。

到了鎮子，少年才得知魔頭早就隱姓埋名不知去哪兒了。他抱著一絲希望，每日跑去鎮子裡的酒館打聽消息，一來二去，倒和酒館裡那看上去半截入土的老闆成了朋友。

老闆在鎮子裡是出了名的老好人，他不只一次勸少年放棄，少年卻仍一根筋地堅持著，到了後來，全鎮子的人都知道了少年的志向。

這天少年來到酒館時，意外撞上了周圍山上的土匪。數名土匪踹壞了酒館的門，衝進去打砸，叫囂著收取保護費。老闆則唯唯諾諾地掏出錢來。

「你們做什麼！」少年從腰間拔出了那柄破破爛爛的劍，怒喝：「今天有我在這兒，你們誰也別想作惡！」

「唷。」為首的土匪吹了聲口哨，調侃道：「這不是隔壁村子的那個鄉下小子嗎？怎麼，大俠夢還沒醒，想觸我們弟兄的霉頭？」

說著，他一拳打在少年的臉上，將其打倒，接著順手抽出了刀，劈向少年的後背。

「還是不要傷了孩子吧！」兩根手指夾住了刀刃，酒館老闆不知什麼時候站在土匪身邊。他笑了笑，有狂暴的魔氣勃發，土匪被一個接著一個打斷腿，丟出了酒館。

「你……你就是傳說中的魔頭！」少年磕磕巴巴地說道。

「那是別人起的名字。」老闆點點頭，又搖搖頭。「我是想當大俠來著。」

參妖

少年的妹妹患了重病，臥床數月也不見好。他每日照顧著，但隨著冬季的來臨，妹妹的病情不但沒有好轉，反而越發嚴重。

少年為了給妹妹治病，跑遍了鎮子裡的醫館。他一家一家求人出診，然而無論是哪家大夫看了，最終都只搖搖頭，說一句無能為力。有好心的大夫告訴他可以去尋一名獵妖師來看，獵妖師每殺死一隻妖，修為就會大增，直到成仙，資深者有著半個神仙的能力。

少年聽說山腳下寺廟裡的老和尚年輕時是有名的獵妖師，遂拎著禮品前去拜訪。老和尚沒接禮品，聽了他的敘述後，對他說：「阿彌陀佛，山上有種幾乎接近人形的人參，施主去把它找來，研成粉末煎藥，餵給令妹。不出三天，病情便會好轉。」

少年聽罷大喜，急忙上山，最終在一棵松樹下找到了人參。那人參被拔出來時慘痛地號叫了兩聲，一腳把少年踢翻。

「啊！妖精！」少年大驚失色。

「是不是山下那個老禿驢讓你來的？」人參沒好氣地問道。

少年點點頭，隨即闡述了妹妹的病情。

「果然又是這種事。」人參雖然氣憤，但耐不住少年的請求，還是下了山。

它略施法術，便輕易治好了女孩的病。回到山上時，人參施法炸了寺院的膳房。

「老禿驢，想害我，沒門兒！」它氣鼓鼓地找了塊泥土，鑽進去休息。

山下，老和尚笑著搖頭，在面前獵妖譜上的「參妖」二字後，填了一個正字。

「等你再做三件好事成了仙，我就不用抓你了。」他說道。

書生

書生進京趕考的必經之路上有個村子，他到那裡時，正值夕陽西下。書生斟酌一番後，輕輕敲響了村口處一戶人家的門。門打開，一個蓄著落腮鬍子的漢子露出了頭。「實在不好意思，打擾了。」書生深深鞠了一躬道：「我是進京趕考的書生，一路跋涉，日落時正好路過寶地。夜黑路暗，故想在此借宿一晚。」

還不等那漢子反應，他又從口袋裡掏出二兩銀子，說：「我肯定不會白住的。」漢子大吃一驚，急忙推辭，說什麼也不肯接錢。幾番來回後，漢子硬是把錢塞回了書生的手裡。

當晚，書生借宿在漢子家，被好酒好肉款待，兩人趣味相投，很快便成了朋友。第二天，書生剛要出行，卻發現外面下起了傾盆大雨。

漢子阻攔他：「前面那片森林裡住滿了妖精，噬人肌骨，這種陰氣重的時候，最易出沒，你還是再停留幾日吧。」

書生著急趕考，堅持要走。漢子無奈，只得囑咐在林中遇到任何人都千萬不要停留，一切都可能是妖的幻術。書生點點頭，撐著傘行路，卻沒想到剛進林子，便在入口處發現一位老嫗跌倒在泥水裡。

老嫗說自家住在林子對面，這次出來給生病的丈夫買藥，卻遇到大雨不慎跌傷了腿，希望書生能發發善心，送其一程。

書生想起了漢子的囑咐，再三思考後，終於還是違背不了自己的良心，咬牙背起了老嫗。

樹林裡的妖嗅到了人的氣味，紛紛湧上小路，然後大吃一驚，跪在路邊，不一會兒，便跪了數百隻妖。

有新來的小妖不懂，被這陣勢嚇住，問：「為什麼不上去吃了他？」

「你瘋了！」妖精道：「沒看到他正背著菩薩嗎！」

葉落

天氣越來越冷，少年不得不給妹妹裹上厚重的棉衣才敢帶她出門。秋天早上日出的時段，室外的風格外凜冽，如刀子一般割得人臉生疼。幾分鐘後，儘管穿了不少衣服，但女孩稚嫩的身軀還是開始在寒風中瑟瑟發抖。

「乖，抬手，再多穿一件。」少年把自己身上的棉衣脫了下來，披在了妹妹的身上。

女孩聽話地穿上哥哥的衣服，奶聲奶氣地問：「哥哥，什麼時候到秋天呀？」

「傻。」少年揉了揉妹妹的頭髮，溫柔說道：「妳看，樹的葉子都掉了，鋪在地上。露水也變成了寒霜，燕子離開了牠們的巢穴，去往很遠很遠的南方。現在就是秋天了呀。」

女孩似懂非懂地點了點頭，摸了摸樹幹上掛著的霜，然後猛地收回了細嫩的小手。

「嘶——好冷。」她道。

少年急忙拉過妹妹的手揣在自己懷裡，哈著熱氣。

「哥哥。」女孩道：「有這些霜掛著，大樹的葉子又不見了，它不會感覺冷嗎？」

「大概……會吧。」少年一愣，隨即又搖了搖頭。「想這些幹麼？走了，帶妳去吃早餐。」

少年牽著妹妹走遠，他的身後，大樹始終挺拔。

「喂，那女孩的問題你聽沒聽到？」鬍子發白的土地神從泥土中鑽出，用木杖敲了敲樹幹。「你把葉子全鋪給我，自己真的不會冷嗎？」

樹妖望著少年衣著單薄的背影，笑著反問：「你說他會不會感覺冷呢？」

「想要不失去前世的記憶，同時下一世投胎仍會相遇，也不是沒有辦法。」牛頭道：「正好最近地府苦力緊缺，我就給你們指條明路。」

「什麼明路？」少年焦急地問道。

「生前三年、死後三年隨我去地獄做苦工，我就可以遂了你們的願望。」牛頭玩味道：「不過事先說好，這項工作很難，一般人可堅持不下來。無論何時，即便是投胎以後，只要後悔了，記憶就會立刻被抹除。當然，死後那三年的苦工自然也就不必再做了。」

「我見過太多情侶，當初山盟海誓，到最後要麼只有一人堅持下來，要麼雙雙放棄。」牛頭笑笑。「所以，希望你們兩個想清楚再做決定。」

少年和女孩對視一眼，都點了點頭，毫不猶豫地應了下來。

牛頭挑了挑眉，道：「那就走吧。」

地獄的苦工僅憑「很難」二字完全無法形容，少年沒想到，牛頭說得輕鬆，實際竟是如此煎熬。他每日每夜都體驗著求生不能求死不得的痛苦，拚了命地咬牙挺著，始終不願放棄。

艱難地熬過了三年，少年重新投胎，一步步成長後，終於在成年的那一天於一座橋上看到了女孩的背影。他激動地衝上前去，興高采烈地摟住女孩的肩膀。

「請你放尊重一點。」女孩將其推開，神色厭惡。「咱們兩個認識嗎？」

少年愣住，難以置信地看著女孩，踉踉蹌蹌地後退了幾步。

女孩罵了句神經病，也不顧少年失魂落魄的樣子，扭頭便走。走著走著，她的眼淚便滾滾而下。

「這樣的我……你一定會後悔吧！」女孩用袖子擦掉淚水，強忍著哽咽，大步向前。

「剩下那三年的痛苦，我一個人煎熬就好了……」

「喂！」女孩的身後傳來少年的喊聲。他氣喘吁吁地追上前來，鞠了一躬。

「抱歉，剛剛錯把妳當成我的朋友了。」少年露出了一個燦爛的笑容。

「妳叫什麼名字？」

作家

作家無聊，翻閱史書，被其中一篇記載女孩行為的文章震撼到。

書中講，那女孩自幼生在百家，容貌清麗，性格卻古靈精怪。她自小雖惹過不少禍，卻也因聰明機智幫助了不少人。到豆蔻年華時，她已經是巾幗不讓鬚眉。周邊數十里地村莊的孩子，無論男女，都以她為首。

有一次，女孩遇到未成材時老實的將軍正被混混欺負，出手將其救下。之後兩人暗生情愫，一路扶持，相依相守，直至將軍戰功赫赫，後來，兩人隱居田園，膝下子孫滿堂。

書中寥寥數字，便把那少女的生平和性格寫得淋漓盡致。她與將軍之間的情緣，也被描繪得甜到一塌糊塗。

其中最使作家記憶猶新的，便是少女與將軍初遇時，對混混說的那句「都給我住手！」。

作家放下書後，回味許久，越發喜愛這段歷史故事。第二天清晨，他便抬起筆，寫下了以女孩與將軍為主角的小說。

數月後，小說出版，大賣，作家一下子紅了起來。他一躍成了作家富豪榜的榜首人物。女孩與將軍的故事也因此被世人熟知。

眨眼間，數十年過去了，作家上了年紀，卻一生未娶。臨終前，他又看了遍那已經被翻得殘破不堪的史書，幽幽地嘆口氣，闔上了雙眼。

白光閃過，作家詫異地發現自己躺在了地上。他撐著站起，又意外地發覺自己手上的皺紋全都消失，穿著也換成了古代的裝束。

「我這是……穿越了？」

還沒等作家高興過來，不知從哪兒過來一拳，將他打得眼冒金星。接著，清脆的嗓音從他身後傳來：

「都給我住手！」

搶劫

女孩住的社區裡，有一群不怕人的流浪貓。她剛搬來時，這群貓各個瘦骨嶙峋，終日為食物發愁。

女孩買了一大袋貓糧，每晚放學時，她便趕去餵貓。一年下來，原本瘦弱的小貓居然都胖了起來。反倒是女孩因要上晚自習，餵完貓，自己便吃不上飯，日漸消瘦了下來。

放學後，女孩如往常般急忙跑回家，抓了一大把貓糧。

她哼著小調關上了門，向著樓下跑去。然而剛下了一層，一隻手不知從什麼地方突然伸出來，拉住了女孩。

「不要動，搶劫！」女孩的雙臂被抓住，被束在背後，有低沉的嗓音在她的耳邊響起。

「錢就在包裡，你全拿走吧。」女孩嚇了一跳，知道此時破財消災才是最好的選擇，連忙說道：「我不會報警的。」

那劫匪沒去拿包，而是將一個眼罩戴在了女孩的眼睛上，道：「跟我走一趟吧，不用擔心。只要妳聽話，我絕對不會傷害妳。」

女孩看不見四周的情況，心中恐懼漸起，又因怕歹徒有凶器而不敢呼救，只得在歹徒的攙扶下走上樓梯。她聽著歹徒在她包裡翻出鑰匙，打開大門，心裡不禁叫苦。

「妳在這坐著，不准摘下眼罩。」歹徒將女孩扶到沙發上，輕聲道：「直到聽見鬧鐘響為止。」

女孩點了點頭，無奈地嘆了口氣。

半小時後，鬧鐘響起。

女孩小心翼翼地睜開眼睛，面前空無一人。令她詫異的是，桌子上竟然擺了滿滿的飯菜。最中間的一盤魚下，壓了一張紙條。

「搶走妳一小時，請妳吃晚餐。」

歪歪扭扭的字重重地寫在紙上，旁邊是一個髒兮兮的爪印。

占星

「騙子。」女孩闖進鎮子裡新搬來的占星師家中，憤憤地甩下這兩個字。

男人無奈地攤手道：「我騙誰了？」

「什麼星相星座塔羅牌，都是假的！」女孩哼道：「你做神棍，騙得了別人可騙不了我。」

男人搖搖頭，也不解釋，轉身去做自己的事。

女孩冷哼一聲，拉過椅子坐在門口，只要有人來占卜，便上前勸阻。幾次下來，不但沒攔下人，反被罵了好幾次神經病。

「妳攔不住的。」男人勸道。

「攔不住也要攔。」女孩氣鼓鼓道：「什麼時候拆穿你，我什麼時候再走。」

「那妳攔吧。」男人笑笑。

從那天起，女孩每日都要去占星師的那間屋子，對每一個前去占卜的鎮民科普知識。但無論她如何阻攔，去占卜的人卻越來越多。到了後來，女孩甚至已經不再阻攔，而是聽著那些前去占卜的人的故事，與他們一起開心，一起抹眼淚。

「你真的會占星？」送走了一個被開導的姑娘後，女孩有些不確定地問道。

「妳看這占星書，上面講的全是獲得好運，一件壞事都沒有，怎麼可能是真的？」男人聳了聳肩，把手上的書籍塞回書架。「世界上哪有會占星的人啊，就算幾百年前真的有這種技能，現在也早就失傳了。」

女孩沒想到男人這麼坦白，愣然道：「那你……」

「他們得到了自己想要聽到的東西，很幸福。」男人笑道：「這就足夠了。」

「今天的月亮比往常亮很多，每十八年才能出現一次。據說，看到它的人都會獲得幸福。」男人做出邀請的姿勢。「怎麼樣，要不要一起賞月？」

女孩一愣，雙頰微紅道：「這也是騙人的吧。」

「這是邀妳約會的藉口。」

黑熊怪

黑風山上的黑熊怪放出話來，要吃遍黑風山上的百獸。

黑熊怪雖是妖精，卻從來不沾葷腥，只食素餐——這是黑風山上所有動物都知道的事情。所以即便每隻動物都聽到了傳言，一時間，竟沒有一個選擇離開。

直到第二天黑風洞派人出來捕獵，黑風山上的動物才知道黑熊怪這次是動真格的了。無數動物一邊咒罵著黑熊怪之前的偽善，一邊連夜遷徙，離開黑風山。一天之內，山中便只剩下了一窩仍不願相信事實的山雀。其他動物勸其一家離開，牠們不為所動。

黑風山上的動物逃走後，黑風山安靜了幾天。

緊接著，唐僧師徒四人來到了黑風山附近，一時間，大批的外來妖精湧入。黑熊怪固然實力強盛，卻控制不了每個作亂的妖精。

黑風山在幾天內亂作一團，每日妖氣縱橫，山雀一家沒日沒夜地躲避著飢餓妖精的捕食，疲於奔命。

這天晚上，黑風山下的觀音寺生了場大火。黑熊怪下山，又連夜返回洞府。這麼簡單的行為，卻如捅了馬蜂窩一般。

孫悟空拎著一根棍子上了山，一路把那些外來的妖精打得屁滾尿流，叫囂著讓這黑風山上的妖精頭目還其袈裟。那袈裟本有驅妖功能，也不知黑熊怪為何不怕，將其順手偷走。

黑熊怪迎上前去，和孫悟空大戰十數回合，不敵而逃。接下來的數日，日日出洞與孫悟空對戰，日日挨打卻從不屈服。孫悟空讓其歸還袈裟，他卻總說些除非把這山中妖怪都清了之類的話。

孫悟空無奈，找來了觀音菩薩。菩薩聽了黑熊怪的話後，挑了挑眉，順手灑下瓶中淨水，清了所有妖魔。

被打得鼻青臉腫的黑熊怪終於出了洞，領著孫悟空和菩薩進了林子。錦襴袈裟掀起，柔和的佛光包裹著一窩瑟瑟發抖的山雀。

神仙

「我以後不要修煉了。」小狐狸道：「費心費力，什麼用都沒有。」族中的長老有些詫異道：「何出此言？」

「這個世界上是沒有神仙的。」小狐狸氣鼓鼓地抱怨：「如果有神仙，我的果樹為什麼會枯死？」

「果樹枯死，是因為你照顧不周。」長老無奈地搖頭道：「神仙才不會管這種雞毛蒜皮的事。」

「那神仙管什麼？」小狐狸反問：「這麼多族人，包括你在內，我也沒聽說有誰修煉成神仙了。」

長老聽了，一時語塞。

「哈哈！被我問住了吧？」小狐狸嘲弄地一笑。「這個世界上才沒有什麼神仙，要是有的話，怎麼可能沒人見過？」

「可是——」

「什麼可是？」長老剛開口說話，就被小狐狸打斷。「你可不要說有神像，也不要說什麼我們的祖先，那些東西根本不算什麼證據，都是外面的人幻想出來的東西。」

長老搖了搖頭，知道小狐狸一貫驕橫，講不通道理，只得搖搖頭，嘆一口氣，不再說話。

小狐狸彷彿鬥勝了的公雞，趾高氣揚地離開了村子。

牠踢著小石子兒，從一處竄到另一處，欣賞著風景，終日遊樂。牠路過一座村莊時，天上下起了雨，雷霆大作，有閃電劈下，引燃了木屋。

小狐狸聽到有孩童啼哭，急忙趕去著火的房屋，發現一男孩被困在大火中。牠衝進去抱住孩子，剛想帶其逃跑，房梁卻被燒斷，阻截了道路。小狐狸法力低微，難以挪開房梁，無奈之下，只好用盡全部法力抵抗火焰的侵蝕。

大火燒了一整天，小狐狸最在意的那九條尾巴上的毛都被大火燎盡，變得光禿難看。牠一邊難過地哭著，一邊不時地從懷裡掏出留作零食的小果子給男孩吃，安撫著他的情緒。

終於，大雨將火焰澆滅，有人救援時，小狐狸才長出一口氣，放下了分毫未傷的男孩。牠痛定思痛，也不顧哭著跪下謝恩的村民，噌的一下沒了影子，灰溜溜地回到族裡修煉。

附近的村子新立了神像，是一隻拿著小果子的九尾狐。

無數人前去祭拜，一時間香火不斷。

嘿，小傢伙

Hey, Little Guy.

SWEET

土地神

村口的一棵大槐樹下，坐落著一座破敗的土地廟。廟裡的土地像破破爛爛的，早已失了法力，無人祭拜。

據說數十年前，那廟中的土地神結識了一位前來祭拜的姑娘，與那姑娘一見鍾情，接著又違反天規，欲私自與其訂下姻緣。

哪知好景不長，土地神的行為被天庭得知。天帝震怒，施下懲罰，要處死姑娘，並將土地神流放，受苦十年。

土地神四處尋人央求，拜會眾仙，願付出一切，只換姑娘一命。有上仙被土地神一片真心感動，在天帝面前求情，那姑娘的命才終於保了下來。土地神卻也因此多流放了三十年。

從土地神消失的那天起，那姑娘便住進了廟裡，終日足不出戶，潛心修行。一晃便過去了四十年，年輕的姑娘也被歲月磨成了一位老人。土地神流放結束的那天，老人早早起來，刷牙洗臉乾淨，等待著土地神的出現，然而直到傍晚，也沒見人影。

附近的小妖勸她：「那土地神準是忘了妳了，妳又等些什麼呢？」

老人只是搖搖頭，仍住在廟裡，日復一日地修行。

這天，廟裡突然闖進一群強盜，他們打砸神廟，搶劫財物。凶神惡煞的首領揮刀，斬向了老人。

千鈞一髮之際，已經上了年紀的土地神拎著手杖出現，伴隨著一陣光芒，強盜被彈飛出去。

「老朽雖然年紀大了，但好歹也是神啊。」土地神笑咪咪地捋著自己的鬍子。「你們倒是膽子挺大，趁我不在，竟敢來我的地盤橫行霸道。」

還不等其說完，強盜身上突然散出一股青煙，瞬間變成了稻草人。土地神詫異間，只見護在身後的婦人變得年輕，且穿著一身嫁衣。

「你果然還是在我身邊的。」姑娘道。

「哎呀，妳怎麼這麼傻！」土地神反應過來，長嘆口氣道：「人仙殊途，若是讓天帝知道，他怎肯饒妳？」

「我在這廟裡修行數十年，你也不看看，這廟是認我，還是認你。」姑娘掩面而笑。

「你說是不是啊，天帝大人？」

天空中傳來一聲冷哼，光華大放間，廟中神像赫然化為了姑娘的模樣。

白澤

少年孤獨地在大街上遊蕩。現在雖已是深夜，但對他來說，卻是一天中最輕鬆的時刻。

記憶從三天前的那個夜晚開始，再之前的，少年已經難以記清了。自清醒起，他就開始被一隻怪物追逐，無論怎麼躲避，那隻羊頭獅身的巨獸總會尋到他的蹤跡。

少年曾在一本古書中看到過這隻怪物的形象。

白澤，據說是能夠趨吉避凶的神獸，被人當作驅鬼的神來供奉。但從現在的情況來看，顯然並非如此，那「神獸」凶惡得很，要不是少年躲避得足夠快，恐怕早就被其撕碎吞噬不知多少次了。

被追獵的第二天，少年才終於得知了白澤追捕他的原因。那天中午，他看著自己被陽光照射的腳邊，苦笑了一聲。

「沒有影子……」少年有些悲哀地自語道：「原來我早已經死了啊……對其他活著的人來說，獵殺我才是真正的趨吉避凶……」

少年收拾好心情，繼續躲避著白澤的追捕。他知道自己可能躲不了多久，但多存在一天，對他來說都是一種幸運。他不想就此放棄，他想盡自己的能力恢復記憶，見一見父母親友，並知曉自己死亡的原因。

午夜十二點的鐘聲響起，白澤每天三個時辰的休息結束。

一小時後，少年終於被白澤堵在了醫院背面的巷子邊。他恐懼地四下顧盼，已經再無逃生之處。

白澤凶狠地撲上來。少年驚叫一聲，大概是生死一線時被激發了潛力，也不知哪兒來的力氣，他猛地翻過了醫院那極高的圍牆。

「成功了！」主治醫師看著男孩逐漸平穩的心電圖，驚喜地叫道。他如釋重負地走出搶救室，對少年的父母說：「病人已經脫離了生命危險，接下來，只需要把車禍中造成的骨折傷養好就可以了。」

男孩睜開雙眼的同時，醫院後街，那隻凶猛的神獸微微露出笑容，消失在夜幕裡。

「孟婆奶奶，我不想喝孟婆湯。」小女孩怯生生地說道。她的十指在小腹前纏繞著，明顯緊張得很。

孟婆愣了一下，停住了舀湯的動作，她抬起頭，有些詫異地看向小女孩，努力要看清她的臉。孟婆眉頭微皺，似乎是在回憶什麼，好一會兒才開口問：「為什麼呢？」

「因為世界很棒啊。」小女孩看孟婆沒有直接拒絕她，滿臉希冀地抬起了頭。「有很愛我的父母，有一直陪我玩的小夥伴，有可愛的小狗，有漂亮的星星，溫暖的陽光。」

「世界不會因為妳喝了孟婆湯而變化。」孟婆道：「妳投胎了，這些依舊會存在，妳也仍然會經歷。」

「可那就不一樣了。」女孩有些焦急地說道。

後面等著投胎的人有些不耐煩，開始衝著小女孩叫罵。看著小女孩泫然欲泣的樣子，孟婆猛然起身，揚聲道：「都給老娘閉嘴，否則把你們打下奈何橋！」

所有人都安靜了下來。

「我不能違反規矩。」孟婆坐下，溫聲說道：「沒有失去記憶的人是絕對不可以轉世投胎的。」

「那……那我可不可以先留在這裡，再等等其他人……」

孟婆又是一怔，輕聲道：「會等很多年的。」

女孩留了下來，每日在奈何橋邊陪著孟婆聊天，告訴她外面世界的變化。「妳和她真像。」孟婆偶爾會突然這麼感嘆，小女孩深問了，她便又笑而不答。

時間轉眼過去數月，這天有鬼差突降，站在奈何橋前欲將女孩緝拿。她停留的時間過長，終究還是觸了閻王的底線。

「無論如何也要幫妳實現這個願望啊……也算是我報恩了。」孟婆輕聲說著，面對鬼差蕩起了一條紅綾。

「來吧，像當初一樣！」

戰鬥持續了三天三夜，地府被鬧了個翻天覆地，但孟婆終究還是敗了。她喝了湯，失去了記憶，被打入地獄受苦，之後投胎到人間，從此便失去了消息。女孩則接替了孟婆的位子，也算是如願沒有直接投胎。又是數十年過去，孟婆如往日一般舀起一杓湯，還不等倒入碗中，便有一個怯生生的聲音說道：「孟婆奶奶，我不想喝孟婆湯。」

孟婆愣了一下，還不等其說話，身後便有人叫嚷著打斷了她的思緒。

閻王急匆匆地趕了過來，氣喘吁吁地擦著汗說：「我算是怕了妳們了，都九十九個輪迴了，千萬不要再繼續了。」

「天帝有令，妳兩人心誠至深，升至天庭為仙。」

殺手

男人是個蹩腳的殺手，自入這行起，參加過數十次任務，從未成功。僥倖的是，他有個很強的搭檔，幾乎次次都救下了他的命。

男人的搭檔是個少女，看上去比男人還要年輕，卻是排行榜上的頂尖殺手。

「你可能就是天生運氣不好。」少女勸道：「別做這行了，不是每個人都適合這個行業的。咱們已經賺了那麼多錢，現在一起退隱，開家小店，也能生活得很好。」

男人笑道：「我運氣差，不是還有妳嗎？殺手這行挺好的，我想一直做下去。」

少女沉默了一會兒，嘆了口氣說：「下次任務，我可能不會陪你一起參加了。我接了個大活，你應付不來。嗯……以後可能也不會一起了。」

「說得也是……」男人愣了一下，隨即又苦笑道：「我這麼爛，一直都是妳的累贅，如果沒有我，妳大概會有更好的發展。」

「這是我家中祖傳的懷錶，就當留作紀念。」少女目光複雜地看著男人，把一枚懷錶塞進其手中。她欲言又止，終究還是沒再說什麼。

男人又參加了任務，也不知是不是少女不在的緣故，這次的任務比以前難了很多。子彈突進，男人只覺得胸口彷彿被一柄大鎚擊中，整個人向後飛了出去。他的眼前一片模糊，逐漸失去了意識。與此同時，有炸彈爆破聲響起。

硝煙散盡，灰塵覆蓋的角落中，男人的手指動了動。

男人艱難地坐起，吐了口血。他摸了摸胸口，那裡有一枚變了形的懷錶。剛剛子彈就是正打中懷錶，才讓男人倖免一死。

「竟然還是要妳救我……」男人看著懷錶中少女的照片，突然笑出聲音。接著，他艱難地掏出電話，打給少女。

「咱們退隱吧？」他說道：「我想娶妳。」

天臺上，少女從瞄準鏡前移開，甜甜地笑道：「好啊。」

幾十秒前，她冒著風險，將槍口微微偏移，瞄準了男人胸前的懷錶。

「師父，師父。」小道士拉扯著師父長袍的下襬，奶聲奶氣道：「江湖是什麼樣子的呀？」

「江湖啊——」老道士捋了捋鬍子，笑道：「那是一個精采的世界，比咱們這座小道觀豐富得多得多。那裡是一個充滿了善意與……」

說到這裡，老道士頓了一頓，眉毛一凝，又舒展開來。接著，他用堅定的語氣說道：「那是一個充滿了善意的地方。」

小道士記住了這句話，多少年來始終對山下的江湖充滿著憧憬。時間轉瞬即逝，十來年過去，小道士到了弱冠之年。生日那天，他收拾好行裝，與師父道了別，下山歷練。山路難行，小道士走了整整一天，到了最近的客棧時，已經接近深夜。小道士敲開了客棧的門，大大方方地打開包裹，從一堆碎銀子中拿出一粒交給小二。

四更時分，一群人闖進小道士的房間，搶走了他的行李，又將他五花大綁抬了出去。小道士萬萬沒想到會發生這樣的事情，一路哭喊著掙扎著，卻沒有人來救他。

客棧大堂，小道士身上的繩索被解開，一個一臉凶相的彪形大漢蹺著二郎腿坐在他的面前。

「都說過多少次了，江湖險惡，財不外露。」大漢痛心疾首道：「你們這群傻道士怎麼都不長記性的啊？」

大漢自稱是店長。他說教了一個多時辰，直到水都喝乾了幾碗，才把行李完完整整地交還給小道士，放他離開。小道士暈暈乎乎地走出客棧，直到進了城才緩過神來。

進城當晚，小道士又被搶了。這次搶他的人是給他指路的大叔。

「看你的打扮就是那山上下來的道士吧？」大叔苦口婆心道：「你們啊，就是把江湖想得太美好。江湖險惡，出門在外，一定不要輕易相信別人。」

說罷，大叔把行李交還給小道士，放他離開。

一路歷練，小道士就這麼被搶了十多次。但直到養成保護自己的習慣為止，他也沒遇到過一個真正的壞人。後來，小道士變成了老道士，他繼承師父的衣缽做了觀主，接收徒弟，傳播道法。

那天，他新收的小徒弟跑來拉扯著他的衣角，天真地問：「師父，師父，江湖是什麼樣子的呀？」

老道士想起了山下的那些江湖人士，「險惡」二字卻是怎麼也說不出口。

他頓了頓，語氣堅定地笑道：「那是一個充滿了善意的地方。」

公主

「歧視，都是歧視！」

「這也太欺負人了吧！魔王怎麼了？魔王就不能擁有愛情嗎！」少女憤怒地將手中的杯子摔向地面，咬牙切齒道：「怎麼誰都怕我，公主是女孩，我就不是了嗎？」

少女面前擺著使者帶回的拒絕信。信件由東部王國的王子親筆所書，大概是因為內心恐懼，那些字寫得顫顫巍巍的，完全沒有平時的大氣。

信件所表達的意思總結一下便是：魔王殿下氣場太強，小生不敢高攀。

少女是這片大陸最強的魔王之一，也是唯一的女魔王。這個世界上的絕大多數事物對她來說都唾手可得。唯獨姻緣這東西，卻是怎麼也強求不來——迄今為止，每一個她看上的人都畏懼她。

王座之下，軍師瑟瑟發抖地舉起手來。

少女平復了下心情，不耐煩地揮揮手道：「你說！」

「據說遠古山脈生活著一條惡龍，凡是被牠抓走的人，都會收穫愛情。」

少女的眼前一亮。

幾天後，魔王跑到了惡龍的城堡下，叫嚷著讓惡龍陪她演戲。

有史以來第一次，惡龍不管用了。少女在惡龍的城堡裡待了三個多月，每天和惡龍聊天打牌，也沒見一個騎士闖進來。這天午夜，少女拽著惡龍喝了個酩酊大醉。

「為什麼每個人都喜歡公主啊？」少女打了個酒嗝。「我哪點比公主差了？」

「世界上哪來那麼多公主可被我抓啊！」惡龍笑道：「再說了，公主又怎麼可能只是因為被救就嫁給一個不知底細的陌生人？」

「啊？」少女愣了一下。

「被救的人本來就是騎士的『小公主』啊，他們互相愛慕，我只是他們的橋梁。」惡龍說道：「我唯一做的，就是收騎士點金幣，假裝輸掉而已。」

「原來如此。」少女幽幽嘆氣道：「謝謝你這幾個月一直陪我胡鬧。」

「其實……也是有騎士想來救你的。」巨龍突然說道，變得扭捏起來。「只不過自己和自己打……有點蠢，就……」

少女怔了一下，笑咪咪道：「尊敬的騎士，你願意來救我嗎？」

惡龍把右手放在心臟上方說：「榮幸之至，我的小公主。」

採蘑菇

年輕的獵人聽到背後傳來的尖叫聲，皺了皺眉頭。想了一會兒，他放下手中已經瞄準了獵物的槍，無奈地聳聳肩，轉身向山裡跑去。

女孩跌坐在林中一片長滿蘑菇的空地邊緣處。她的腿上夾著一個捕獸夾，手中提的小籃子掉在地上，蘑菇撒得到處都是。

「採蘑菇？」少年將捕獸夾摘下，自口袋裡取出藥瓶。

「嗯……」

「以後別來這兒採蘑菇了。」少年拍了拍藥瓶，將落到手心的藥粉塗在女孩腿上的傷口處。「除了妳之外，有很多喜食菌類的動物也知道這個地方。這些動物中的絕大多數，不是肉質鮮美，就是皮毛華麗，是獵人夢寐以求的獵物。」

「因此，這片空地被很多獵人埋了陷阱。」少年將繃帶繫緊，繼續說道：「對妳這種未經過訓練的人來說，其中某些淬了毒的陷阱，會有致命的危險。」

女孩懵懵懂懂地點了點頭。

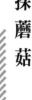

少年把她送到山下，又叮囑了她一番，才安心回家。

第二天黃昏，少年又一次聽到了尖叫聲。他匆匆忙忙地趕到空地時，再一次發現了女孩的身影。

「怎麼又是妳？」少年罵道：「上次不是和妳說過這裡很危險的嗎，妳聽不懂人話？」

「可是這片地方的蘑菇真的很多……」女孩十指絞在一起，唯唯諾諾道：「如果能摘到的話，我每天就能早點回家，不被父親責罵了。」

少年終於還是嘆了口氣，不忍再說什麼。他又一次幫女孩把腿傷包紮好，背其離開林子。

「對不起！對不起！」女孩不斷地道歉。

少年擺擺手，似乎是懶得廢話。

第三天女孩來到空地時，少年早已等了許久。他拿出滿滿一布袋剛摘的蘑菇，塞到女孩的手中。

從那天起，每當女孩來到空地時，總會見到少年。

他們漸漸熟悉起來，有了少年的幫忙，她再也沒被父親罵過。

時間轉瞬即逝，這天女孩來到空地時，發現少年手中多了把雨傘。見女孩過來，少年笑咪咪地把傘打開，轉了兩轉。

女孩蹦跳著走上前，疑惑地問：「也沒下雨，你打傘做什麼？」

「妳看，我像不像一隻蘑菇？」

女孩打量了少年一番，點了點頭。

少年取出一枚亮晶晶的戒指，說道：「願君採擷。」

魔術

魔術師最後一抖手腕，禮帽中飛出了十餘隻鴿子。隨著他微微躬身致意，臺下的觀眾熱烈地鼓起掌來。

還不等正式散場，臺下的女孩便小跑著回到家附近的巷口。魔術師就住在她家附近，在這裡剛好能將其攔住。

少年路過巷口時，女孩跳出來，攔在他的面前。

「魔術師先生……那個……您能給我變一朵花嗎？」女孩充滿希冀地看著少年，雙頰微紅。

少年微微一愣，衝女孩笑了笑。他手指輕撚，一朵鮮豔的玫瑰平空而出。

少女接過玫瑰，轉身跑開。跑到家門口，她氣喘吁吁地拍了拍胸口，喜孜孜地長舒了口氣。

「他送花給我了！」

那天之後，每隔幾天，女孩都會去看演出。每次演出結束後，都會去巷口攔住魔術師問其要花。時間長了，魔術師便也常常與她聊上幾句。

巷子口，少女又一次蹦到魔術師的面前。

「魔術師先生，我又來啦。」女孩輕聲道。

少年如往常一般變出一枝玫瑰交給女孩，他陪女孩走了一段路，剛想說些什麼，女孩卻揮了揮手，蹦跳著跑遠了。

「他今天又變花給我了！」

轉過街角，女孩有些激動地自語，隨即又微微黯然道：「不過……」

「不過，花又是妳自己要的，對吧？」魔術師的聲音在女孩身旁響起。

女孩被嚇了一跳，她只覺得自己的臉像是要燒起來似的，恨不得一瞬間找個地縫鑽進去。

她深吸幾口氣，抬起頭，聲音有些顫顫巍巍道：「那……那個，魔術師先生，您沒走呀？」

魔術師有些支吾，一點紅漫上了他的耳朵。他目光游離，輕聲嘟囔道：「魔術師又不是魔法師，想變出花來……也是要提前準備的。」

「具體的使用方法，你記住了吧？」老和尚不放心地問道。

小和尚把師父交給他的缽盂小心翼翼地放入懷中，重複老和尚幾分鐘前才叮囑他的話：「觸壁三次，指繞一圈，對準想要降服的妖魔，輕道一句『收』便可。」

老和尚點了點頭。

小和尚蹦蹦跳跳地出山而去。他一路玩耍嬉戲，在山間小路追著蝴蝶。路過一處滑坡時，他一不留心，腳底踩空了。

小和尚從山頂向下滾去，僧衣被樹枝刮得破破爛爛。在他的後腦即將撞到一塊山石前，一隻狐狸飛躍而來，化成人形將其拉住。

小和尚迷糊著站起來，好久才清醒。正不斷道謝的他看到狐妖的尾巴，大吃一驚，急忙掏出了缽盂。

狐妖見狀變了臉色，轉身便跑，只是剛剛救小和尚時傷到了腿，怎麼也跑不快。小和尚追在牠身後，急得滿頭大汗。他敲了敲缽盂，指尖在碗口顫抖著滑了一圈。

「收！」

狐妖前行的步伐停住了，一道光從缽盂深處射出，籠罩在狐妖的身上。牠愣了愣，被一股吸力強扯著後退。

「終於抓到你了！」小和尚長出口氣，急忙將蓋子扣在缽盂之上。

狐妖只覺得天旋地轉，一瞬間便進了一處被銅牆鐵壁包圍的地方。牠掙扎著站起來，強壓著想吐的欲望，拍了拍面前的銅壁。

「該死的小禿驢，我真是看錯你了，原來你跟那些人一樣。」狐妖恨聲說道，一拳打在銅壁之上。「老子救了你一命，你就這麼恩將仇報！」

小和尚把不斷顫動的缽盂塞入懷中，長舒口氣。

「呔！」有雄渾的男聲響起。執著一把長劍的劍客飛身到小和尚的身前，懷疑地打量其一番。

「你也是來追殺那狐妖的嗎？」

「對對對！」小和尚用力地點頭，隨便指了個方向。「不過牠太強，我和牠鬥法吃了虧，牠往那裡逃了。」

劍客的神情緩和下來，縱身一躍，向著小和尚指的方向追去。待其遠去，小和尚悄悄打開了缽盂。

「快逃！」他輕聲道。

「那些自詡為正派人士的人，哼。」劍客追到山林盡頭，也未見到狐妖的身影。

他放鬆了緊繃的神經，長吁口氣道：「沒事就好……沒事就好……」

大魔王不行了

峽谷後的沙漠便是魔王的大本營，魔王獨自居住在那裡，十幾年來未曾外出。鎮子裡最近都在傳著大魔王年老力衰的流言，數位騎士聽說後，決心藉此機會建功立業。那天晚上，峽谷深處的爆炸聲持續了很久才停下。數名騎士從峽谷逃了出來，匆匆忙忙離開了小鎮。

小鎮裡又有了新的傳言。

「大魔王不行了。」每個人都這麼說著。「他真的不像年輕時那麼強大了，現在的魔王，連前去討伐的人類都殺不死了。」

又有幾位騎士聞風來到了小鎮，他們一致認為，魔王之所以苟延殘喘到現在，是因為之前討伐魔王的人水準不夠。信心滿滿的他們連夜穿過峽谷，來到了沙漠的入口。

正無聊到蹲在地上堆沙子的魔王驚喜地站了起來，然而剛跑到騎士面前的他還沒來得及說話，便被一道劍光逼退。

「啊啊啊！又是這樣，氣死老子了！」

魔王在沙漠裡氣得直跳腳，各式各樣的魔法從他手中拋出，轟然爆炸，將幾名騎士掀翻。這種事情顯然不是第一次了，反射著陽光的各色琉璃幾乎鋪滿了整個沙漠的入口。

魔王看著面前被嚇得瑟瑟發抖的幾個小子，怒火中燒。

「為什麼又來殺我？」他問道。

一位騎士擦了擦額頭上的冷汗，囁嚅道：「外面都在傳……您年紀大了，實力不行了……所以……」

「所以你們幾個就想來殺了我，取得榮譽？」

騎士點了點頭。

「滾，都給我滾！」魔王一腳踹在騎士的屁股上，罵罵咧咧道。

騎士屁滾尿流地逃了，大魔王深呼吸幾次，才終於平復心情。

他心疼地看了看被炸散的沙堡，搖身化為人類的模樣，偷偷跟在幾位騎士身後去了鎮子。

「大魔王不想當大魔王了！」酒館中，偽裝成人類的魔王聲淚俱下。「他之所以一次次放過前去討伐的人類，只是想和人類一起玩而已，求你們關心一下孤寡老人吧……」

「哼，這種話誰信啊。」酒保望著魔王離開的背影，不屑地撇了撇嘴。

「哎，你聽說沒，大魔王不行了。」他拍了拍身邊人的肩膀，神神祕祕地說道：「這次的消息保證可靠！」

「這次這麼說，大家應該會接納我了吧……」魔王喜孜孜地踢著石子兒，默默地想。

「要不是你著急踩那一腳油門，追撞了，咱倆也不至於被埋在這下面。」男人看了看眼前已被堵住的隧道，心情抑鬱。「小孩子開車真不可靠。」

「對……對不起。」少年唯唯諾諾道。

他被男人從安全氣囊中拖出來叫醒時，隧道已經坍塌了數小時。此時，混凝土與砂石混在一起，將隧道前後堵得很結實。少年的車還保持著完整，男人的車幾乎整個被埋住，僅留後車箱在外。

男人盯著少年的臉，終究還是嘆了口氣，伸出手揉亂了少年的頭髮。「孩子，不用怕。」

他說道：「這麼大的事故，外面的人肯定會立刻投入救援。車裡面有食物和水，足夠堅持到救援隊找到咱們。」

時間轉瞬即逝，被掩埋的第五天，少年委靡地靠在車旁。「大叔，你說死是什麼感覺……」他問道。

「死了也無非就是變成鬼唄。」男人聳聳肩應道：「能有什麼感覺？」

「你居然還相信世界上有鬼，看你這麼樂觀，真不像是迷信的人。」少年笑道：「如果我死在這下面，救援隊能挖到我的屍骨送還給我父母，我就心滿意足了。」

男人沉默了一會兒，說道：「別想那麼多，咱們又死不了。」

「喏，車上剩的最後一袋了。」男人從後車箱拿出一袋洋芋片扔給少年。「不知道救援隊什麼時候才能救出咱們，這袋你省著點吃吧。」

少年有些疑惑地望著男人說：「你不吃？」

「你剛才睡覺的時候我已經吃過了。」男人回道。

「又這麼說，你不會自己沒吃，都給我了吧？」

男人翻了個白眼，說：「你看看你那面黃肌瘦的樣子，再看看我，不知道的人還以為是我搶了你的吃的。」

「也是。」少年聳了聳肩，撕開了洋芋片包裝。

被埋在隧道的第七天，砂石微微鬆動，少年醒了過來。少年聽到了嘈雜的聲音，有陽光透過細微的空隙，照進了隧道。

他精神一振，急忙掙扎著回頭，衝身後喊：「喂，大叔，咱們得救了！」

隨著洞口變大，陽光偏移，照到了男人的身上。

男人倚在車門邊，衝少年笑了笑，散成了一縷青煙。

佛像

少年每日都會到山腳的破廟中拜佛像，祈求菩薩保佑自己能找到使奶奶痊癒的靈草。為了給奶奶治病，他日復一日堅持採藥，從不曾有過一句怨言。

又是一天過去，少年終於來到了最後一處自己從未探索過的區域。岩壁上的縫隙中，一棵散落著點點星光的植物隨風搖曳。少年面露喜色，急忙攀上岩壁，小心翼翼地將那植物摘下。

少年拿著靈草，與手中書籍上的圖繪比對著，臉上的喜色愈來愈盛。他暢快地大笑，把靈草裝進包裹，跑著去了最近的集市，用晚餐錢買了一籃水果。

破廟裡，少年把水果擺在佛龕前的桌面上。

「多謝菩薩，我終於摘到了靈草。」少年說道：「在下無以報答，只能供些水果。」

他虔誠地拜了拜，自破廟退出。

「哈哈，我盯了你好幾天了。」廟門口，山賊攔住了少年的去路，拍了拍身側的刀柄。「把你手裡的包裹交出來，興許老子還能考慮留你一條小命。」

少年後退幾步，抱緊了包裹。「寺廟周圍你也敢做這種事情？」

「寺廟？」山賊不屑地哼道：「你還真當這世界上有神佛啊？」

「怎麼沒有？」少年伸手指向山賊的身後，喊：「你看那是什麼？」

山賊一怔，急忙轉身。他本以為會看到什麼東西，然而他的背後空空如也，仍是一片山林。等他再回頭時，少年已抱著包裹跑遠。

「居然把老子給騙了！」山賊狠狠啐了一口，抽出刀追向少年。剛跑出三、四尺，山賊只覺得腳下一滑，仰面摔倒。他眼睜睜地看著少年跑遠，懊惱地看著腳邊不知何時出現的香蕉皮，氣得怒吼一聲。接著，又一塊香蕉皮不知從哪兒飛來，落在他的頭頂。

破舊的寺廟中，原本立著佛像的地方，有一個和尚嘿嘿笑著，咬了一口手中的桃子。

想要成為的人

劍客手中的劍在空中蕩出一片片殘影，將逼近的強盜斬退。接著，他右足點地，猛地躍起，招架著直劈而下的刀光。

刀下的老人被救了下來，劍客繼續突進，如入無人之境。那天，他中了十三刀，將鎮子從強盜手中奪回。

接下來，強盜又發動了數次進攻，劍客在鎮口蓋了個小木屋住下，一次又一次將強盜擊退。終於，一個月後，強盜放棄了鎮子，銷聲匿跡。

劍客成了鎮子裡的英雄，每天都有無數村民前去拜訪，表達對他的尊敬。他依舊住在木屋裡，時不時教來客兩招遇到強盜時防身的劍法。

鎮子裡有個少年，夢想著成為劍客這樣的人，每日帶著劍前來修行。劍客看他天資不錯，便也樂得傾囊相授。時間一長，木屋倒成了鎮子裡最繁華的地方之一。

後來，鎮子裡建了家武館。

有村民對劍客說：「隔壁武館家的師父，一手劍法可比你耍得漂亮多啦。」

「是這樣的。」劍客承認。

村民又說：「說起來，你教的東西倒是確實能對付強盜，但總是這兩招……」

劍客欲言又止，終於還是沒說什麼。他微微鞠了一躬，道：「對不起。」

村民覺得無趣，聳聳肩走了。

漸漸地，來拜訪劍客的人愈來愈少。到了最後，就只剩下每天修習劍法的少年和當初被劍客救下的老人。

這天傍晚，老人像往常一樣拎著酒壺來到劍客的小屋，卻沒看到少年那熟悉的身影。

「今天就連那孩子也沒來了啊。」老人坐在桌前，斟上一杯酒，推給了劍客。

「嗯。」劍客應道：「他昨天說，自己已經完全摸透我的劍法了，我每出一劍，他便能知道下一劍的路數。」

「這樣啊……」老人嘆了口氣。

「挺好，這說明我想傳達的東西，已經傳達給他了。」劍客端起酒杯，一飲而盡。「他能受我的影響走上行俠仗義的道路，我很高興。」

「孤獨嗎？」老人問。

「怎麼會。」劍客笑著搖搖頭。

「我已經成為自己想成為的人了啊。」

電話打了幾次才打通。

「每次你們的快遞都是最快的，為什麼這次這麼慢？」女孩問：「說好的空運當日就能收件，可這都過去兩天了。」

「真的是對不起，您也算是老客戶了，我們公司平時的工作品質您應該也清楚，這次實在是意外。」電話那頭的男人抱歉地笑道：「最近世道不太平，很多員工都請了長假。沒辦法，什麼事都需要我親力親為，效率自然就差了點。」

想到最近無論是網路還是電視中所傳播的新聞，本來不太相信的女孩突然沉默了下來。

「是因為新聞裡說的那些……妖怪入侵嗎？」她開口問道。

電話裡的男人笑了笑說：「嗯。」

「可是……可是怎麼會呢，以前也沒聽說有這些東西真的存在啊。」

聽筒裡傳來了嘆氣的聲音，男人又一次道歉：「真的對不起，是我的工作失誤。」

「啊，我不是不相信你們，畢竟新聞都播了。」女孩急忙解釋：「只是這件事真的有點顛覆我的常識，我一時間還不太能夠接受。」

「我倒不是說這個啦……不過，還是謝謝妳的理解。」男人說道。

「快遞晚到一點也沒關係的。」女孩拿著電話，憋了好久，說道：「要注意安全呀！」

一聲「謝謝」後，電話掛斷。女孩抬頭看了看窗外車流稀疏的街道，心情有些憂鬱。令她沒料到的是，僅僅幾十分鐘後，快遞便送到了她家門口。

「放心，那些怪物很快就會被解決掉。」看著女孩心情不佳的樣子，男人安慰道：「有妖精，自然就會有齊天大聖之類的神仙呀。」

女孩的眼睛亮了起來說：「真的？」

男人點點頭。「真的。」

女孩的心情似乎變得好多了，她在快遞單上簽下自己的名字，又一次囑託男人注意安全。

男人道過謝，轉身下樓。走出樓道，他裸露在外的皮膚倏然鑽出了金色的毛髮。衣著鎖子黃金甲，頭戴鳳翅紫金冠，足踏藕絲步雲履，男人從耳朵裡拽出金箍棒，一招將身邊迫近的小妖打了個灰飛煙滅。

「真是影響工作效率。」他眯起眼睛，看向遠處的妖王，聲音中隱著不耐煩。

「吃俺老孫一棒！」

長大

「一把木柄手斧（小號），這就是我最想要的禮物。感謝您的慷慨，祝您聖誕快樂。」

聖誕老人看著手中的心願卡，撇了撇嘴，摘下了頭頂的紅帽子。他將心願卡放下，又撿起了一張背後畫著卡通麋鹿的心願卡。

「一把鐵鋸子，小號。」聖誕老人挑了挑眉毛，出聲念道：「這些孩子今年怎麼回事，改行當木工了？」

他在那幾十張心願卡中翻來找去，最終只翻出少數以娛樂為主的禮物。

「孩子們都長大了。」聖誕老人感嘆道：「幾年前還是除了玩具汽車其他都不要的孩子呢。」

街道上，彩燈閃爍著光芒。巨大的聖誕樹立在廣場中心，上面掛滿了小飾品。皚皚的白雪鋪滿地面，銀裝包裹了整座城市。

聖誕老人駕著麋鹿雪橇車從空中掠過，不時降落在屋頂。他手中拎著襪子形狀的禮品袋，蹣跚著從煙囪鑽入屋子，躡手躡腳地推開孩子臥室的門。

床鋪上空空如也。

聖誕老人緊張的身子放鬆下來，臉上掛著的笑容也淡了下去。他聳了聳肩膀，雙手有些無所適從地垂在褲子兩邊，輕聲道：「原來沒在家啊……」

「也是。」他把禮品袋放在冰冷的枕頭旁邊，幽幽地嘆了口氣。「孩子們都長大了，對於這些可有可無的禮物，自然不會像小時候那樣期待。」

他悵然若失地離開，前往下一個孩子的家。到那兒之後，所遇到的情景卻依然如此。

聖誕老人穿越了大半個城市，最終回到了自己的木屋。安頓好麋鹿後，他掏出了木屋大門的鑰匙。門沒鎖，他停住了動作，雙眼微微瞇起。

「我倒要看看是哪個小賊，竟然偷到我頭上來了。」

拉花禮炮在門口炸開，城裡的孩子們站在門口，小臉通紅，也不知是凍的還是興奮所致。

一輛做工粗糙卻嶄新的雪橇車立在屋內，聖誕老人幾小時前剛送出去的工具散落在一旁，車上的塗料還未完全乾透。

聖誕老人怔了怔，眼睛笑得瞇成一條縫。

「孩子們都長大了。」

這是今夜第三次，自他嘴中說出這句話。

白衣天使

「今天不把主治的醫生交出來，這家醫院以後別想開了！」男人揮動著手中的刀。

「我好不了，你們誰也別想好！」

院長擦了擦額頭上的汗，道：「你先冷靜冷靜，這件事也不能全怪醫生。」

「我冷靜？」男人冷笑道：「我爸進來的時候還好好的，這才幾天時間，人就沒了？」

「對！」拿著紅色條幅揮舞的人們附和：「事實都擺在眼前了，還說不是醫院的責任？」

人們蜂擁著向前，揮舞手中的棍棒砸碎了醫院的玻璃。年輕的女護理師被嚇得尖叫，縮在牆角瑟瑟發抖。

不知誰手中的一根鋼管打著旋飛過，眼看就要打到護理師腦袋時，那個剛剛來醫院實習的少年閃到女孩面前，將其接了下來。

他抬腳，踢開了衝在最前面的男人。

「行了，差不多得了。」少年無奈地聳肩，擺手道：「事情到底是怎麼回事，你自己心裡不清楚嗎？」

男人捂著胸口站穩，怒罵道：「你算個什麼東西？」

少年哼了一聲：「你又算個什麼東西，自己的父親過世了，也要藉機鬧一鬧，發上一筆橫財，還有人性嗎？」

男人的臉漲得通紅。

「不論這些，你一個大男人帶一群流氓跑來欺負這麼可愛的姊姊，害臊不害臊？」少年鄙夷道：「我們可是白衣天使呢！」

「白衣天使？這個世界上有個屁的天使！」男人喘著粗氣冷笑道：「要真有天使，說我錯了我也就認了，但你也配？」

接著，他氣急敗壞地怒吼一聲，揮刀捅向少年。

男人的身前光芒萬丈，聖光普照下，少年的背後鑽出一對翅膀，擋在胸前，卡住了男人手中的刀。

「說實話你又不信。」少年道：「可我真的是天使啊！」

女兵

新的徵兵季到了。

城中軍備處門口聚集了數十人。他們說笑打鬧，顯然是剛剛結識，新鮮感還未完全消失。但也並非每個人都是如此——街邊的拐角處，有一人與所有人都無交流，其身形瘦弱，用兜帽遮住了半張臉。

有衛兵自軍備處出來，隨著一聲軍令，氣氛變得肅穆起來。

將軍步伐堅定沉穩，自軍備處走出，雙眼掃過一個又一個人。走到街角時，他停住腳步，掀起了那緘默者的兜帽。

「女人也要參軍？」將軍看著她的臉龐，毫不留情地嘲笑道：「身體這麼孱弱，能幹什麼？」

「男人能幹的，我都能幹。」女孩直視著將軍的眸子。「男人幹不了的，我也能幹。」

將軍嗤笑一聲，但國家既然沒有女人不准參軍的法律，女孩的存在對戰局也並不會有什麼影響，他便也抱著無所謂的態度不再理會。

三個月後，戰爭開始。

沙場上，將軍駕馭戰馬領兵而上。這次的敵人格外凶猛，即便是他，也頗感吃力。

空氣摩擦的尖利聲傳入將軍的耳中，他回頭，箭頭已到了眼前，來不及躲避。

金戈交加，女孩一劍將其斬斷。儘管箭頭仍斜著刺穿將軍的面頰，卻終究留下了他的一條性命。

「說不了話了？」女孩莞爾一笑，接著揚劍怒吼：「將軍的嘴受了傷，吩咐我代為指揮！」

「突襲右翼！」

戰場混亂，所有人都看到將軍在女孩身邊，便都不疑有他，向敵方右翼殺去。半小時後，戰役大獲全勝。

後來，女孩指揮了整場戰爭。她與將軍配合無間，兩人出生入死，為國家立下了汗馬功勞，一切恩怨也煙消雲散。

三個月後，戰爭結束，將軍向女孩求了婚。

新的徵兵季又到了。

「將軍，今年的參軍名錄上，多了很多女兵，您看……」

「女兵？」將軍騰地站了起來。「好啊，好啊！有了這些女兵，國家中興有望！」

一隻纖細但有力的手擰上了將軍的耳朵，女孩微瞇著眼，殺氣騰騰。「女兵有我一個人，還不夠國家中興的嗎？」

小賊

少年輕手輕腳地攀上行宮的院牆，翻了進去。

院內如他預料般靜謐，這裡雖住著皇親國戚，卻不如皇宮那般守衛森嚴。整座行宮內僅有幾位家僕、侍衛仍然醒著。少年穿行在樹叢間，小心翼翼地繞開巡夜的人，走到宮門前。

他把宮門打開了個縫隙，鑽了進去。

一把劍抵住了少年的下頷。

「大膽毛賊——」清脆的女聲響起。「哎，你竟然還敢還手！」

幾秒鐘後，少年被踩住胸口按在地上，利劍抵著咽喉，眼眶邊也多了一塊紫色。

看著少年可憐巴巴的樣子，公主卻有些不忍心了。

她彎下腰，瞇起眼睛打量了少年一番，然後突然笑出了聲：「你武功這麼爛，還做什麼賊？」

少年本被盯得耳朵發熱，聽了這話，卻掙扎著坐了起來，哼了一聲：「盜術又不在於功夫！」他不忿道。

公主揚了揚眉毛，把劍收回。

「我要你幫我偷一樣東西。」她說道：「你不是說自己盜術超人嘛，工部尚書家裡的帳本，我倒要看你敢不敢偷。若你能做到，我賞你黃金百兩。」

少年深深地看了她一眼，身形一閃，便不見了人影。

公主本是隨口一說，沒想到三天後，帳本竟然被少年帶來。貪汙的證據呈給皇上，工部尚書被傳審，不到一週的時間，他便被打入了天牢。

「你再幫我偷樣東西。」公主把裝著金子的包裹交到少年的手上，說道。

少年拽了包裹幾次都沒拽動，只好無奈地應承了下來。

那天之後，少年幫公主偷了很多東西，上到敵軍密信，下到她愛吃的零食。少年本人也從公主的貼身侍衛一路升到將軍的位子，憑藉一手來無影去無蹤的功夫，為國家立下了汗馬功勞。

又一天，大勝歸來的男人敲響了公主的房門。他望著公主的眼睛，單膝跪地道：「臣有一事相求，還望公主答應！」

「你先幫我偷一件東西。」公主將男人的話打斷：「到父皇宮中。」

男人的眼中閃過一絲失望，但還是點了點頭。幾個時辰後，男人拿到了公主所說的箱子。他將鎖扣撬開，鮮豔的大紅色映入眼中。一個繡球。

男人一怔，還不待其反應，便聽到了身後公主脆生生的聲音：「你所求之事，我准了。」

海盜

「船長，再往前走幾海浬，就是人魚居住的地方。」大副皺著眉頭，提醒站在船頭的男人。「據說她們的歌聲可以瓦解任何人的意志，咱們的船員雖然意志都很堅定，卻也說不準究竟會不會陷入其中。」

男人所在的船是一艘私掠船，也就是俗稱的海盜船。與其他海盜不同的是，男人並非依靠燒殺搶掠過活。

「世間無人認主的珍寶那麼多，不同大陸間的商機那麼多，為什麼非要依靠武力來奪取財富呢？」這是男人組建船隊時所說的話。不過人生終究不會一帆風順，總有些事與願違的情況會發生，例如現在。

「沒有其他路徑可以上島了嗎？」男人不死心地問道。

大副搖了搖頭：「實際上，整座島都被包含在人魚生存的範圍之中。」

「之前的努力不能白費，再說了，咱們不是也『據說可以取得任何寶藏』嗎？」男人的目光重新變得堅定。「出發吧！」

船隻行到半程時，夜幕如期降臨，人魚的歌聲漸漸響起。波濤翻滾間，一隻小人魚鑽出了水面。船員心神震撼，已將船舷處的火炮架出。

「不要！」

千鈞一髮之際，男人阻止了船員的動作，自己則親自握住了船舵，操控著船隻前行。

小人魚驚奇地看了男人一眼，潛入水中。

船隻行駛了三天三夜，其間不時有人魚襲擊船隻。這天夜裡，小人魚再次出現，並登上了甲板。

「你和其他人不一樣。」小人魚的眼中滿是仰慕和好奇。「你很強大，卻不會殺戮我的族人。」

「但我的族人不會允許你們上島的。」糾結了一會兒，她嘆氣道：「回去吧！」

男人搖頭。

小人魚咬了咬牙，轉身躍入海裡。那天之後，她兩邊斡旋，直到被不耐煩的族人當作通敵者通緝。被抓之前，她放棄逃生的機會，托魚群送了口信給男人。

那是一首淒美的歌，歌的最後，留下了對男人來說至關重要的資訊。

「他們分心審判我的這段時間裡，你可以從暗礁邊緣上島，拿了寶藏，就快逃吧。」

那次探寶的結局沒人知道，人們只知道，船隊受了重創，退出了那片海域。

幾天後，港口的酒吧中，終於有水手忍不住買了瓶蘭姆酒，遞到男人面前。

「所以……你們到底取到寶藏沒有？」

「人魚的歌聲確實能瓦解任何人的意志。」男人笑道。

「寶藏嘛……」男人捏了捏身邊女孩的手掌。「總有比金子更重要的寶藏。」

高手

城西有家客棧，客棧的老闆娘據說是個高手，一套掌法練得出神入化，無論何人在其面前都過不了三招。

一開始自是有人不信，然而那客棧開了幾年，就有幾個頗有名的武者前來切磋，最後卻都鎩羽而歸。

時間長了，附近的高手們知道這是塊硬骨頭，都很自覺地不去啃。但即便這樣，偶爾卻也擋不住「過江龍」的不知深淺。

此時便是如此。

盜賊首領聽了手下被打過程的描述，頗為不屑。在他看來，那客棧老闆娘雖然會點功夫，但也只能打打這些嘍囉。

「我都說過不要給我惹事，你挨打也是活該。」首領毫不留情地訓斥著，接著，又冷哼一聲：「不過這女人竟敢在我頭上動土，那也就別怪我拿她立威！」

轉念間，首領便已決定前去討伐。

客棧門前，盜賊首領一邊問著身邊被打得鼻青臉腫的人，一邊挽起了袖子。

吧檯後正在帳本上寫寫畫畫的男人一見勢頭不對，急忙迎了上來，討好道：「幾位豪傑，小店打烊了。」

首領本就打著鬧事的心思，此時毫不留情，便扇了一耳光上去。

「唉。」男人突然嘆了口氣。

他毫無力氣地抬手，卡住了首領的手腕，一轉眼，掌心已是印上胸口，將其打飛出去。

「還打嗎？」男人問道。

盜賊首領驚恐地吐出一口血，先是猛地搖頭，接著欲言又止。

男人一眼便看出他的心思，無所謂地說道：「問吧。」

「大俠，小的有一事想不通。」首領小心翼翼地說道：「您的武藝如此高強，為何甘願屈居人下呢？」

男人的眉毛一立，說：「放你娘的屁，屈居人下？這家裡，什麼時候輪到她……」

兩根手指貼上了男人的耳朵，狠狠一擰。「不去幹活，在這兒堵著幹啥？」

男人瞬間變了臉色。他急忙轉身，討好地站在女人旁邊。「老婆，剛才你打跑的強盜又回來了！」

老闆娘的眼睛一亮，耍著三腳貓功夫衝了上來。

「不准還手。」男人如鬼魅般跟著她的腳步，閃身到強盜首領耳側，不自然地清了清嗓子。

「還有……老子這可不是怕老婆，你要敢說出去，你就廢了。」

刀客

「妳別跟著我了，行嗎？」

「喂，妳沒聽到我說的話嗎？別跟著我了！」

一個時辰以前，隱匿身分隨商隊出行的刀客從強盜手中救下了女孩。嚴格來說，刀客其實也並不是什麼善人，只是他良知未泯，看那商隊屍橫遍野後，不忍心再見到那個孤零零的孩子也死在面前。

「在這世間，只要妳有絕對的武力，就可以擁有妳想要的一切。」

直到說出這句他自認為很帥的話的時候，他還在為自己的所作所為而自豪——雖然這自豪感僅僅持續了不到半炷香的時間。

刀客本是隨興而為，卻沒想到這小孩把他當成了救星，纏了上來。「我不是慈善家，沒興趣幫妳一次又一次。」幾次三番的警告後，

他終於忍不住抽出刀，指著女孩的臉，說道：「妳要是再跟著我，別怪我不客氣。」

「我要學刀術。」

「我說話妳聽不懂嗎？」刀客板著臉道：「女孩子家家的學刀術做什麼？」

「我要學刀術。」

「妳別逼我動手啊！」

刀客瞪著女孩，女孩也盯著刀客。

終於，刀客還是沒能忍心，任由女孩跟在身後。那天起，天下第一刀有了個女徒弟。

既然收其為徒，刀客也不藏私，一手武功自是悉數相傳。轉瞬間，十幾年過去，女孩出落成少女，刀技也越來越精湛，到了後來，甚至能和刀客平分秋色了。

這天夜裡，少女敲響了刀客的門，她說：「師父，我要和你比武。」

刀客瞪大了眼睛，即便詫異，還是舉起了刀。

天下第一刀敗了。

刀客咳出一口血，把刀遞給少女，說道：「以後妳就是天下第一刀了，咳咳……在這世間——」

「只要妳有絕對的武力，就可以擁有妳想要的一切。」女孩接話道。

刀客聽到這句年輕時的口頭禪，不禁打了個冷戰：「我不是要說這個，這個太自以為是了……」

「我想擁有你。」女孩說道：「所以我學刀術。」

刀客愣了下，目光飄忽著把頭偏開。

「其實不用把我打得半死的……」

「我可是謫仙。」少年煞有介事地對老道士說：「你這小破廟只要有我進駐，成為名門望派，指日可待。」

老道士眉毛都沒抬一下，關上了門。

少年愣了一下，隨即恍然大悟，心想這老道士術法不精，連他的天賦都看不出來。他重新敲門，從懷中掏出一塊玉珮，晃了兩晃。

「這塊玉珮蘊含仙訣，但凡修道之人——」

這次少年連話都還沒說完，門就又一次被重重關上。

「道長，我卜算天機，發現若想重登仙境，一定要拜您為師。」少年單膝跪下，第三次敲開了門。「小徒之前不守禮數，實為大過，還望您大人大量，不要計較。」

老道士道：「滾去給我泡壺茶。」

「老頭，等我恢復法力了，非得讓你給我擦鞋。」少年憤憤不平地嘟囔著，卻還是拿起了茶壺。

就這樣，少年算是正式拜了老道士為師。

老道士看上去不修邊幅，實際上術法一點不差。少年天資本就超越常人，一番訓練之後，竟在短短幾年間連連突破。

只是鋒芒畢露未必就是好事，少年是謫仙的消息，不知怎麼在江湖傳開，覬覦他身上寶物的人也逐漸多了起來。

這天夜裡少年回到道觀時，老道士正拿著鏟子挖坑。坑邊上是一具穿著魔教服裝的屍體——這已經是少年第八次看到這樣的場景了。

「我說老頭，你一個修道之人，殺氣怎麼這麼重呢？」少年沒大沒小地說道。

老道士眉毛一豎：「目無尊長，罰你閉關七天。」

這種情況常有，只是少年萬萬沒想到，這次卻與往常不同。

三天後，數十派系的妖魔圍攻青城山，老道士仍是那副不修邊幅的樣子，以一敵百。大戰持續了三天三夜，鮮血染紅了觀牆，卻沒有任何妖祟能打擾到少年分毫。

少年出關時，老道士似是終於力竭，身形一頓，不知道受了多少攻擊。

「老頭！喂，老頭……你別死啊……你還沒見證我升仙，給我擦鞋呢……」

「老頭……」

少年抱著老道士，他只覺得那身軀輕如鴻毛，似乎隨時會隨風飄散。他擦乾眼淚，怒髮衝冠。那一天，青城山雷霆萬鈞，狂暴的天劫吞噬了所有妖魔，也吞噬了老道士的遺骸。

少年終於升仙，只是老道士不在了。

「上仙，我帶您去見老君，凡是修道之人，都得在他那報到一下。」

仙官小心翼翼地對少年道：「您雖然直接登臨一品，但這規矩總是要守的。」

少年桀驁地推開了兜率宮的門，絲毫尊敬的意思都沒有。

「滾去給我泡壺茶。」太上老君的聲音從宮內傳來。

少年下意識地點頭哈腰道：「好咧！」

獵妖

「獵妖師是一種很危險的職業。」

少年拜師前，他的師父曾經這樣告誡過他。那時的他初生牛犢不怕虎，毅然決然地投入師門，絲毫沒考慮可能有的後果。

少年看著手中的羅盤指標轉動，變得興奮起來，這是他出師以來唯一一次探測到妖的蹤跡。現在早已不是上古時期百妖共鳴的年代，作為這個職業極有可能僅剩的傳人，沒見過真的妖，簡直要成了少年的心病。

然而他追著羅盤上指標所指的方向不知跑了多遠，卻始終連妖精的影子都沒見到。路邊的茶鋪旁，少年停下腳步，討了一碗水喝。

同和他坐在茶鋪中的，還有一個面容精緻的女孩。她看著少年掏出羅盤，好奇地坐了過來。

「現在哪還有什麼妖。」聽完少年的敘述後，女孩笑道。

「可是，羅盤剛剛真的顯示了呀。」少年看著手中指針已經不動了的羅盤，苦惱地撓了撓後腦杓。「大妖會隱藏自己的氣息，羅盤未必能測到，但小妖是絕對藏不住的。」

「要不，我陪你找找？」女孩眨了眨眼睛。

少年終歸是孩子心性，有美人相伴，自然也不在乎什麼妖不妖的。兩人一路遊山玩水，轉眼便過去月餘時間。

路過又一座小鎮後，少年二人被攔了下來。

少年看著面前同樣拿著羅盤的男人，先是驚喜了一下，隨即警惕起來。男人的眼中露出的貪婪讓少年心驚，他下意識地站在了女孩的身前。

「分享一下吧，你一個人吃不下她的。」男人笑道：「天分這麼好的妖，一定能煉出極品的丹藥。」

少年一愣，隨即想起那固定不轉的羅盤，隱約意識到了什麼。他深深望了女孩一眼，咬牙道：「妳快走。」隨即，他抽出了腰間那柄久不出鞘的劍。

「獵妖師是一種很危險的職業，當初師父這麼告訴我的時候，我還不信。」少年被女孩攙扶著，一瘸一拐地說道：「沒想到這裡的危險，反倒來自同類。」

「不過咱們終於算是逃脫了。」少年笑道：「沒料到竟然這麼輕鬆。」

數千尺外，身著白袍的老狐妖惡狠狠地踹了一腳眼前的獵妖師。「公主跟著那個人類，不會有什麼事吧？」狐妖身邊的妖精有些擔憂地問道。

獵妖師是一種很危險的職業——不過偶爾也有例外。

「什麼那個人類。」老狐妖轉頭瞪了一眼。「公主吩咐了，要叫駙馬大人。」

至尊

「去把我的刀拿來。」一臉凶相的男人惡狠狠地說道。

男人是城中最大的惡霸，十年前，他的父親和兒子被城裡原本最大的幫派殺害。悲痛欲絕的他單槍匹馬殺入敵陣，斬殺十數幫眾，最後將幫主斃於刃下。

那之後，男人便聚起一群當初被欺壓的人，接手了地盤，幹了黑幫的活計。說是黑幫，男人等一概幫眾倒是從來不欺壓弱者。保護費固然收著，但也真的保護了城中的商戶。數年間，他們不只一次將入城偷襲的盜賊趕出城去。

男人很少拿刀，復仇之後，即便是和山賊打得最火熱的時候，他也沒拿過刀。然而現在面對打了一個普通老人的混混時，他卻突然怒不可遏。

男人一腳踩在混混的胸膛上，對身後的人們喊：「去把我的刀拿來，他用哪隻手打的人，我就要砍他哪隻手。」

身後的人紛紛勸道：「大哥，算了算了。」

一番勸阻下，男人終於鬆開了混混。所有人都散去後，老人先是謝過男人，然後悠悠嘆氣道：「唉，要不是老朽我金盆洗手了，哪還用得著你幫我出頭。」

「哼，你以為你是武林至尊啊？還金盆洗手，真把自己當成個人物了。」男人嘲笑道。

雖然嘴上這麼說，但那天之後，男人卻天天到老人的鋪子裡晃悠。老人每天指著牆上掛著的刀說自己曾經是高手，可一遇到事卻總往男人的身後躲。

轉眼三年時間過去，這天清晨，男人來到老人的鋪子裡時，帶了一身的傷。

「老頭兒，這回老子可罩不了你了。」男人苦笑道：「這次這群人可不是以前那些山賊能比的，他們可是正經八百的大內高手。這小破城從荒涼之地變成邊疆明珠，朝廷想要摘桃子，也是正常的。」

「不過你別怕，我雖然不能罩著你了，但我就算是豁出命去，也不會讓朝廷踩在你們頭上！」

「去把我的刀拿來。」老人道。

「別鬧了。」男人笑了笑，抽出了自己許多年未曾出鞘的刀，轉身向鋪子外走去。

老人起身拿了刀，經過男人身旁時，將他按在凳子上，笑道：「算了，算了。」

接著還不等男人反應過來，老人已攜了刀出門。

「前輩，您不是金盆洗手了嗎？」門口一眾大內高手見到老人大吃一驚，紛紛拜倒在地。

「我是不是武林至尊啊？」老人揚起嗓子，用在屋內也能聽到的聲音問道。

眾人面面相覷，冷汗漸漸下來了。

「都給老子說！」

「是！」

士兵

「這封信……能請您送給將軍嗎？」女孩小心翼翼地把信件遞到士兵的手中，輕聲問道。

還沒等士兵反應過來，她又有些焦急地解釋：「我知道我的請求有點唐突，但請您相信我，我是沒有惡意的！」

士兵皺著眉頭，捏了捏手裡被紙張裹得嚴嚴實實的信件。他再三確認其中沒有淬了毒的匕首一類的東西後，才緩緩開口：「照理說，這種要求是不被允許的。」

「不過在確定無害後……」士兵和善地笑了笑。「我似乎也沒什麼理由拒絕像妳這麼漂亮的姑娘的請求。」

他對女孩點了點頭，拿著信，轉身進了營帳。隔了大概一炷香時間，他又拿著回信走了出來。

姑娘略顯羞澀地接過信，轉身跑遠。他則極目眺望著姑娘逐漸變淡的背影，直到其徹底消失。

「怎麼，動心啦？」士兵身邊的戰友調侃道。

「哪有。」士兵的雙頰微微揚起一抹紅色。「就算我有意思，人家哪能看得上我啊。」

儘管嘴上這麼說著，女孩第二次來到軍營時，士兵卻仍表現出十二分的熱情。接下來的半年時間裡，他一次又一次替姑娘跑腿，連將軍都熟悉了他的名字。

他甚至開始告訴女孩軍人喜歡什麼，來幫助她追求將軍——例如烈酒。第二天女孩果然帶來了上好的酒，雖然不是烈酒，卻是他最喜歡的那種，而幸運的是，女孩順手分了他一罈。

女孩又一次將信件送到士兵手中時，神情多了一絲不自然。

士兵很清晰地感受到這一點，無論是比以往每次都正式的盛裝，還是精心塗抹的妝容，都意味著女孩將要做出什麼重要的決定。

例如表白。

他如往常一般把信帶給將軍，然後站在一旁等待。

「那麼漂亮的姑娘，肯定是喜歡將軍的啊。」士兵看著將軍的笑意，心中有些酸澀。

「我只是一個普通人而已，怎麼敢生出覬覦的心思？」

將軍突然道：「怎麼樣，她很漂亮吧？」

「嗯。」站在一旁的士兵下意識應道，然後猛地回過神來，急忙搖頭，臉漲得通紅。

將軍哈哈大笑，將信封一股腦扔給了士兵。

士兵疑惑地打開，然後愣住了。

「哥哥，你說不讓我隨便來找你的……但是你衛隊裡的那個士兵真的好帥！」

雷神

或許因為雷神在天庭中負責懲罰罪惡，他的名聲始終建立在威嚴的基礎之上。據說每當他路過一個地方，當地的群妖就要膽顫心驚一番。

小狐仙和她的奶奶也是群妖中的一員。

雷霆大雨，小狐仙的奶奶又一次抱著她躲在桌底，瑟瑟發抖。小狐仙望著雷霆中的影子，不顧奶奶之前的勸說，掙開懷抱，躍上前去。

雷神剛要揮動釘鎚，一個小小的人影拉了拉他衣服的下襬。

雷雨暫時停了下來。

雷神望著眼前的小不點，詫異地問：「你不怕我？」

小狐仙點了點頭，又搖了搖頭。

「雷神哥哥，你能不能不要再打雷了呀？」她怯生生地開口：「奶奶的年紀很大，我不想她被嚇到。」

雷神挑了挑眉，還沒來得及答話，便有一位老人衝到了他的身邊。那老人伸手拉住小狐仙，一起跪了下來，頭低到地面，顫巍巍道：「大人，孩子童言無忌，請不要和她一般見識，要怪，就怪老身沒教育好吧！」

言盡，好長時間，也沒再聽到雷神的聲音。
小狐仙偷偷抬起頭來，發現雷神早已不見。
一道閃電劃破天空，小狐仙剛要捂上耳朵，卻聽到了陣陣清脆的鈴聲。
如果有一天，你聽到如風鈴輕搖般的雷聲，那附近，一定有隻小狐仙。

駙馬

任誰也沒想到，為了躲避國王安排的婚約，平時逆來順受的公主離家出走了。她穿越半個國家，來到了荒原中的城堡。那裡住著一條巨龍，力量強大，王國裡最強的勇士在他的手下也過不了一個回合。

大概是孤獨的日子過得膩了，巨龍沒多問什麼便收留了公主。他開始時常化為人形到附近的城市為公主購買日用品，話也漸漸多了起來，每天給公主講著外面世界的故事。

世界上沒有不透風的牆，僅僅半個月後，公主住在巨龍城堡的事情就傳入了王宮。國王震怒，張榜布告天下，誰能奪回公主，誰便可以成為駙馬，享盡榮華富貴。

「公主？」揭榜的人笑道：「誰在乎她長什麼樣。她是獨生女，娶了她以後就是國王，即便她長得醜，掌權了不也是想納多少妃都可以？」

幾小時後，揭榜之人在城邊草叢中被人發現，已不省人事。與此同時，巨龍也徹底斷了勸公主回家的心思。

重賞之下必有勇夫，短短幾天時間裡，巨龍打發了一批又一批所謂的勇士，終於一不小心，被人斬中數劍。

「你怎麼弄得一身傷？」公主心疼地問道。

「外面好多人，以為是我綁架的妳，想要救妳回去。這本來是好事，可他們也不聽我解釋，上來就動手，我就和他們打起來了。」巨龍傻笑道：「對不起，耽誤妳回家了。」

公主沉默了一下，低聲道：「我不想回去。」

巨龍收起了笑容：「那就不回去。」

一個月的時間轉瞬即逝，城堡仍未被攻下，甚至到後來，連附近的山賊強盜也加入狙擊巨龍的隊伍，巨龍受的傷也一天重過一天。

這天清晨，軍隊包圍了城堡，巨龍望著城牆下訓練有素的士兵，目光堅定，已經有了赴死的決心。

「他們都是來抓我的嗎？」公主躲在巨龍身後，聲音顫抖著。

「別怕。」巨龍揮動翅膀，縱身一躍。「有我在，誰也抓不走妳。」

將軍站在巨龍面前，卻沒如巨龍想像中抽出利劍。

他清了清嗓子，揚聲道：「國王下旨，收回布告，驅逐一切屠龍者，撫恤傷患。」

「以及，陛下雖然嚴厲了些，但仍希望公主殿下能夠幸福。」他笑著衝巨龍眨了眨眼。「儘管從沒有過這樣的先例，但由巨龍作為繼任者……或許也沒什麼不好。」

劍痕

邊關戰事越發緊張，男人被徵入伍，成為一名新兵。

臨行前，他留下了遺書，還給隔壁青梅竹馬的女孩寫了信。本想過段時日就向女孩表白的他，此時也沒了機會。他將信順著女孩家的門縫塞進去，轉身離開。

走到半路時，男人聽見有人呼喊自己的名字。他轉過身，發現了氣喘吁吁的女孩，女孩的鞋都跑丟了一只，腳底被石子兒劃得盡是血跡。

「我等你回來娶我！」女孩喊道。

男人張了張嘴，想說些「找個好人家，不要被自己耽誤了」之類的話，卻終究只是點了點頭。

戰爭殘酷，男人在第一場戰鬥中便負了傷，要不是有同袍拚了命地保護他，只怕他早已不在人世。接下來的十年裡，他一次又一次遊走於生死邊緣。死神的鐮刀無數次貼上他的喉嚨，他卻無數次幸運地與其擦肩而過。

敵軍逐漸敗退，男人的軍銜也越來越高，最終坐上了軍隊的第一把交椅。

這天日出時，戰鼓轟鳴。男人領兵直衝入敵軍腹地。斬下敵軍將領頭顱的那一瞬間，敵方士兵的劍，也逕直刺向了男人。

男人身邊的士兵縱身一躍，擋在男人的身前。利劍貫穿其胸膛，又刺中男人，卻只剩下很少的衝擊力。

男人被掩護離開，失去指揮的敵軍自亂陣腳，被打得落花流水。

戰爭勝利，邊關就此安定下來。男人在戰場搜尋了很久，也沒找到救他的那位士兵的屍體，只好痛哭一場，立一座碑，以示祭奠。

男人得厚祿高位，衣錦還鄉。回鄉那天，他推開迎接的人群，逕直跑向女孩家中。時間在女孩的臉上留下了痕跡，淡淡的皺紋刻在了她的眼角。她聽到腳步聲，抬起頭，眼中閃爍著微微驚喜的光芒。

男人向女孩求了婚。

洞房之夜，男人欲解女孩衣帶時，突然被抓住了手。

「不要嫌我醜。」女孩雙頰通紅。

男人笑道：「怎麼會。」

女孩收回了手，男人繼續著動作，然後猛地一頓。

女孩的胸口，赫然是一道剛剛癒合不久的劍痕，再往下，是在無數戰役中留下的舊傷。

流氓

「幹什麼？」青年大剌剌地靠在酒館門框邊。「喝了酒，不付錢就想走啊？」

還未出酒館的幾個人看見青年，不禁打了個冷戰。剛剛還說要賒帳的他們急忙把錢掏了出來，遞到青年的手中，也不敢多言，灰溜溜地走了。

青年掂了掂手裡的錢，走到櫃檯邊，說道：「這是剛剛那幾個人的酒錢。」

「那群人是流氓，這一個也不是什麼好東西。」青年身後，有酒客小聲提醒身邊的人。「老闆，你可得小心這個人把你女兒騙了。」

青年的耳朵動了動，轉過身來，在桌子上重重地拍了一巴掌，冷哼道：「那幾個也配叫流氓？」

「流氓是要強搶民女的。」青年轉過頭，衝女孩嬉皮笑臉道：「對吧？」

酒客被嚇得一縮腦袋，女孩卻噗哧笑出了聲。

「就你把它當成了榮譽。」女孩笑道，又把臉一板。「不要在我店裡吵吵嚷嚷，打擾其他客人喝酒。」

青年在鎮子裡的風評並不好，他雖不欺行霸市，卻終日遊手好閒，對誰都不尊重，也不服任何人管教。而他的父親是鎮守邊關的名將，待人和藹，相比之下，自然便更顯出了他的頑劣。

然而女孩卻從不似其他人般瞧不起他。她總能說出青年的各種優點，勸他與人為善。青年雖從不聽勸，卻也知道投桃報李，數年來，明裡暗裡幫女孩解決了不少麻煩。

夜深了，大多數客人離開後，女孩意外地發現，平時早早便走了的青年，竟留到了最後。

「我要去參軍了。」青年說。

女孩展顏一笑：「怎麼，想通了？準備改邪歸正了？」

青年聲音低沉：「我可能不回來了，前幾天的一場戰役裡，我父親受了傷，他老了，需要有人接班。」

女孩怔了怔，只是笑著祝福。

時光荏苒，三年時間眨眼過去。三年來，邊境戰事膠著，敵軍甚至占領了小鎮，一時間，所有居民都活在水深火熱之中。直到一天前，奇兵天降，將小鎮收復。一片歡聲笑語間，鎮子的居民卻發現這支戰鬥力超強的軍隊幾乎人人散漫自由。

「這群人怎麼做到的？」酒館中有人不解。「這副吊兒郎當的做派，沒比之前那群流氓好哪兒去啊。」

「哼，這也配叫流氓？」

女孩聞聲猛地抬起頭，一臉鬍碴的青年拿了束野花，嬉皮笑臉道：「流氓是要強搶民女的。」

山妖

鎮口的老頭已經在這兒住了數十年了。

很久之前，鎮子裡就流傳著山妖的傳說。據說那些山妖面貌醜陋，喜捕兒童，吸食腦髓血液，又拋屍荒野。那段時間裡，鎮子中幾乎人人自危，不斷有人搬走。到了後來，原本有數百戶居民的鎮子，只剩下了幾十人。

直到那位英雄的到來。

他本是參軍的將士，立下赫赫戰功後回鄉，卻得知了妹妹失蹤的消息。悲痛欲絕的他單槍匹馬上了山，用一把柴刀生生斬殺了數十山妖，直到牠們膽寒，直至逃亡。那之後，鎮子才終於復興了起來。

不過那已經是幾十年前的事情了。鎮子裡的居民來了一批又一批，又走了一批又一批，當初親眼見到那場戰鬥的人，不是已經老死，就是早已離鄉。

然而隨著時間的推移，山妖仍然存在的言論不知怎麼被重新傳出。或許僅僅是嚇唬孩子的謊言，也或許是令人膽顫的現實——大人們都說，英雄已逝，而山妖就在鎮外蟄伏。但凡有小孩深夜不曾回家，都會被其盯上。

很多人認為住在鎮口的老人就是山妖的一員。這其實不無道理，無論是他身上到處凹凸不平的疤痕，還是那微微扭曲的笑容，都符合人們對傳說中山妖的想像。

唯獨少年不信這個邪。

「他們都說你是山妖，但我不信，我覺得你是好人。」少年膽顫心驚地把酒壺放下，繼續道：「我之前看見你喝過酒，心想你可能愛好這個，就……就……就……」

他被老人有些陰鷙的目光看得頭皮發麻，嚥了口唾沫，好不容易才繼續道：「就給您帶了壺好酒。」

隔了好久，少年也沒聽見老人說話。越來越心虛的他終於忍受不住，顫抖著鞠了一躬，然後一溜煙跑遠。

回到家中，少年越想越鬱悶，直罵自己是蠢貨。自責一番後，太陽已經落山，抱著歉意的他披著月光，重新來到了小屋附近。

月光下，老人猙獰的面孔猛地出現在少年的眼前。

「山妖啊！」少年被嚇得大叫一聲，拔腿就逃。

老人看著男孩跑遠，爽朗地大笑。他甩了甩袖子，遮住手腕上新添的一道傷口，一邊將山妖的屍體踢進新挖的大坑中，一邊擰開少年下午送來的酒壺，痛飲一口。

「是個值得培養的好苗子。」老人笑道。

「怎麼一想到山妖我就管不住腿呢，明明相信他是好人的。」少年坐在家中，又一次自責，懊悔地嘟囔著：「明天帶瓶好酒去道歉吧……這次一定不能再跑了！」

童心

「大王，您該沐浴更衣了。」尚書屈膝跪在地上，恭敬說道：「再過七日，就是您卜第一卦的時候，屆時……」

「先生怎麼又跪？」剛剛即位的少年皺了皺眉頭，打斷尚書說了一半的話。他小跑著上前，攙著尚書的胳膊，硬要將其扶起。

尚書吃了一驚，急忙擺手道：「大王，這不合禮數。」

「什麼禮數！」少年哼道：「我是王，禮數自然是我定的。你是長輩，我說你在我面前不用跪，你就不用跪。」

說著，少年又加了些力，終於將尚書扶起。

「這等大不敬，可讓我如何面對先王的在天之靈……唉！」

尚書重重地嘆了口氣，又不放心地囑咐：「七天後祭祀時，大王千萬不要再來攙我，您務必要答應。」

「好。」少年撇了撇嘴。「迂腐！」

見少年一副滿不在乎的樣子，尚書也只得無奈地搖了搖頭，暗自祈禱著幾天之後的祭祀能安穩完成。

七天的時間轉瞬過去，宮殿之中，數十名大臣單膝跪於一旁，樂聲和鳴下，手捧一尊玉鼎的占卜師躬身碎步上前。

「這是從長江捕來的玄武之幼崽，請大王選卦。」

「選完之後呢？」少年問道。

占卜師笑著應道：「選完之後就是臣下的活計了，不需要大王費心。」

「我問挑完之後呢！」少年的聲音變得嚴厲。

占卜師膽寒之時，才終於意識到面前不及弱冠年紀的少年，其實已是一方霸主。「屠宰後，以長明燭炙烤，直至龜甲裂開，則可見卦象。」

少年歪了歪頭，隨即狡黠一笑，接過那裝著數隻幼龜的玉鼎，直接倒在了地上。

少年身側的尚書驚得眼睛都差點跳出眼眶，疾呼道：「大王，卦不是這麼卜的！」

「卦象已成，風調雨順，山河安定。」少年笑著捧起幼龜，跑出大殿，將其送入連接長江的護城河中，只留大臣們面面相覷。

周邊國家的君主聽聞此事，無不嘲笑少年愚蠢，一時間均認為這是侵略的好時機。他們在短短十餘天內組成聯軍，突襲入境。

突如其來的暴雨卻阻隔了所有人進攻的路。

接下來數年間，周邊國家的每次襲擊都被惡劣的天氣阻攔。玄武虛影的傳說不斷出現，成為這片土地上人人樂道的談資。

少年在位五十年，果然風調雨順，山河安定。直到他去世時，仍存童心。

八次

大火點燃了整座居民樓。

女孩從睡夢中驚醒時，濃煙已經籠罩了整個屋子，漆黑的煙霧遮擋了火光，讓人難以看清外面逃亡的路。她只能感受到滾滾的熱浪不斷灼燒著皮膚，從其中榨出一絲又一絲水分。

女孩身邊的男人用打溼的毛巾覆蓋住她的口鼻，然後將她橫向抱起。「我們會沒事的。」他安慰道，眼神變得堅定。

接著，男人伏低身子，將最後一口潔淨的空氣深深吸入肺裡。他一腳將門踹開，以此生最快的速度向外面奔逃而去。

衝到三樓時，熊熊火焰已經封住了公寓的大門。他嘆了口氣，低頭吻上了女孩的額頭，然後一拳將玻璃打碎。

男人縱身一躍，被濃煙裹挾著墜落。

女孩參加了男人的葬禮。為了護其周全，男人全身十餘處骨折、大面積重度燒傷，當晚便去世了。葬禮上，女孩一滴淚都沒有流，只是怔怔地看著男人的照片，一言不發。

那天後，女孩辭了工作，回到了自己的家。她終日躺在床上，雙目無神地望著天花板。

父母為了哄她開心，在寵物店買回了一隻小貓。然而任憑小貓如何撒嬌打鬧，女孩的狀態卻仍沒有任何變化。

心理醫生說，她把自己的心關進了牢籠之中，而鎖上牢籠的那把鎖，只有她自己才能解開。

她的父母朋友雖然無奈，但也無計可施，只得看著她一天天消瘦下去。

但誰也沒想到，女孩會在那天攀上天臺。

「如果還有來生，希望我們還能相見。」她一邊想著一邊傾身向前，然後躍下了天臺。

正在門口玩耍的貓咪看著她向下墜落的身軀，淒鳴了一聲，瘋狂地衝了出去。然後在女孩落地前，縱身躍到了她的身下。

恍惚間，女孩又見到了男人的身影。

再醒來時，已是兩天後的傍晚。女孩望著病床前的母親，輕聲道：「媽……我想喝粥了。」

這是她幾個月來第一次開口說話，聲音嘶啞難聽。

「媽，我那天好像看見他了，他說，讓我好好活下去。」

床頭上，前腿打著繃帶的小貓往她懷中縮了縮。

「雖然什麼都不方便，壽命也短，還要吃老鼠那種噁心的東西……不過……轉世為這副身子，還能再救妳八次。」

老狗

「媽，我已經辦完結婚證書了。」女孩安撫好老狗，單膝跪在了母親的輪椅前。「下週日，我們兩個就辦酒席。」

輪椅上的女人愣了一下：「妳說什麼？辦證書，辦什麼證書？」

「結婚證書呀。」女孩笑道：「都說是辦酒席了，還能是什麼證書。您看您，我昨天剛說的，大黑都記住了，您還忘。」

「對吧大黑？」女孩衝老狗揚了揚下巴，老狗便立刻「汪汪」地叫了兩聲。

女人長長地「哦」了聲，然後沉寂了下來。她的頭部受過傷，記憶力衰退得厲害，以至於想些什麼都要絞盡腦汁。

隔了大概數十秒，女人才重新開口：「妳爸爸當初跟我說了，如果妳有一天嫁出去了，就和他說一聲。這樣他也就能安心地轉世投胎了。」

「您還記得這檔子事兒呢？」女孩笑道。

「怎麼不記得！」女人突然激動了起來。「我不記得，妳不記得，到最後誰都忘了，妳爸爸不是白死了！」

女孩急忙上前安撫母親。說也奇怪，女人什麼都忘得差不多了，卻偏偏有那麼幾件事記得清楚。

好半天，女人的情緒才穩定下來。

「妳不知道，妳那時候才十六歲，平時也不好好吃飯，瘦瘦小小的。沒想到轉眼間就長成大姑娘了。」女人輕聲道：「九年前，是妳爸爸親手把妳從廢墟裡托出來的。我記得可清楚了，那天呀，天搖地動的，房子都塌了。」

「後來我才知道，那可是八級大震啊。」女人嘆了口氣。「妳說妳爸爸怎麼就那麼厲害，這都能救下妳。」

不知是第幾百遍從頭到尾的復述後，女孩如釋重負地長舒口氣，回到了自己的房間。

女人悵然若失地望了望周圍，將老狗抱了過來。

「如果誰都忘了，她爸爸就白死了。」女人開口：「妳不知道，她那時候才十六歲……」

她一直絮叨著，直到沉沉睡去。

「我怎麼不知道呢。」老狗望著靠在輪椅上睡著的女人，躡手躡腳地向黑暗處走去。

在那裡，一身黑袍的黑無常正等著接已完成願望的他離開。

「不光女兒……我還親手托出了妳呢。」

玉佛

「師父，您看，我已經把您教授我的東西修煉成了！」少年笑嘻嘻道。

他把雙手合在一起又張開，一股帶著淡淡金色光塵的氣席捲而出。他手掌心的「卍」字表面不時有流光閃過，即便是普通人，也能看出其不凡的氣勢。

老和尚卻只是輕輕「嗯」了一聲，連閉著的眼睛都沒有睜開。

「那……」少年小心翼翼地問：「我是不是可以下山降妖除魔了？」

「下山？下什麼山？」老和尚冷哼一聲：「就憑你這點能力，連我都打不過，還想下山？給妖魔送糧食？」

少年漲紅了臉說：「可是……」

「多餘的精力用不完，就去溫養我的玉佛，別在這兒傻站著。」

老和尚不容置疑地打斷了少年未說完的話；少年咬了咬牙，終於還是聽從了老和尚的安排。他把內力灌入那玉佛之中，直到體內空虛為止。

時間轉瞬又過去了一年，少年的修為比一年前增長了一些。他本以為這次能夠得到師父的允許，下山懲惡，卻沒想到剛進禪房，老和尚就先一步開了口。

「內力積攢滿了嗎？滿了就來溫養玉佛。老了，不中用了，我自己的修為竟然連這玉佛都填不滿了。」老和尚搖頭嘆氣道：「總不能讓我用自己的生命力來溫養它吧。」

「溫養玉佛、溫養玉佛，每天都溫養玉佛！」少年忍不住低吼：「那尊破佛像就那麼重要嗎！」

說罷，少年一聲不吭地把內力灌入玉佛之中，頭也不回地走了。他暗自發誓，再不踏進師父的禪房半步。

接下來的三年間，少年果然沒再去見過師父，他終日修煉，內力一點一點變得深厚。內功大成的那天，少年站在禪房門口，叫嚷著要和師父比試一番。

「你怎麼還在溫養那破佛像？」少年看著蹣跚著走出禪房的老和尚，皺了皺眉頭。

「以你現在的年紀，這麼做就是在透支生命。」

老和尚卻笑得瞇起了眼：「孩子長大了。」

令少年詫異的是，老和尚僅僅交給他一串佛珠後，就放他下了山。也不再提佛像，甚至也沒質疑少年的能力。

少年果然厲害，一路降妖除魔，一直打到妖王的山洞內，和妖王祭出了殺招。斬殺妖王的同時，他戴在手腕上的佛珠寸寸碎裂，那殘珠上的部分紋路，竟和老和尚最喜歡的玉佛上的紋路一模一樣。

寺廟裡，原本擺著玉佛的佛龕中空空如也，正用邊角料刻著玉珮的老和尚手一抖，猛地吐出一口鮮血，臉上卻不禁浮起了笑意。

「孩子真的長大了。」

蠢貨

衛隊長看了眼遠處幾個被扣押的孩子，深吸口氣，推門進了首領的屋子。

「老大，那群小孩子又來偷東西了。」他小心翼翼地說道：「這次應該怎麼處理？」

首領皺了皺眉，放下手中的兵書，抬頭瞪了一眼面前的人。

「這麼點小事也要我手把手教你怎麼做嗎？該怎麼處理就怎麼處理，選你當隊長是信任你，讓你為我分憂，而不是讓你天天用這種雞毛蒜皮的事給我添堵。」

「是我辜負老大的信任了。」衛隊長急忙道歉，然後話鋒一轉：「可是老大，咱們要是能把那些糧食運到其他地方，這群孩子不就沒機會……」

首領瞇起眼睛，冷聲道：「你是老大我是老大？」

衛隊長心中惋惜地暗嘆，表面卻連連稱是：「一切依老大的吩咐。」

首領揮了揮手，繼續低下頭研讀兵法。

衛隊長擦了擦額頭上的冷汗，然後退了出來。他整了整儀容，邁著步子走到那群孩子面前，將看押的守衛都打發離開。

「小兔崽子們，能不能讓我省點心？」他壓低聲音道：「我們老大現在是不在乎這些小事，但你們做得也太蠢了，偷東西次次被抓，早晚我也保不住你們。」

「記著，這是山賊的大本營，我雖然是隊長，但也不能總做偷了東西還放你們走這種不服眾的事。」衛隊長在幾個孩子手中塞了銅板，道：「饒你們最後一次，別再來了。」

孩子們點了點頭，一溜煙跑了。

話雖如此，半夜燈都熄滅後，卻依舊有孩子翻進山寨踩點。

首領聽見聲音，從床上翻身起來，看著外面笨手笨腳的孩子，他不禁氣得罵娘。

「蠢貨，東西全部擺在外面你都偷不到，我總不能派人把糧食直接送到你家裡吧？」

首領一邊在紙上疾書，一邊憤恨道：「這種事做出來，還讓我怎麼服眾，活該你們挨餓。」

說是這樣說，首領卻仍把紙團捏成球，扔了出去，正砸在門口孩子的後腦杓上。

孩子被嚇了一跳，急忙蹲下，把紙團撿起展開。

紙團上半部分寫著守衛換崗的時間，下半部分則寫了巨大的「蠢貨」二字。

「罵什麼人嘛……」孩子委屈地抬手去揉後腦杓，手臂碰倒了門口擺放的梯子。

巨大的聲音響徹了整座大營。

「蠢貨！」一時間，至少有七、八個不同的聲音同時吼道，然後是詭異的寂靜。

「衛隊長，是你在那邊嗎？還有剛才那個聲音聽上去……是不是……首領？」巡邏的士兵小心翼翼地問：「這……還抓嗎？」

衛隊長咬牙切齒道：「抓！」

公主

小公主是王宮中最沒有存在感的人。

出生時難產導致她從小體弱多病。身材瘦小、性格內向的她，既沒有兄長那般英武，也沒有兩個姊姊那般討人歡心。

最初的那段時間倒還好。唯一護著她的母親在她五歲那年去世，國王卻把母親的死歸罪於生她時元氣大傷所致。

從那以後，無依無靠、逆來順受的小公主在王宮中的地位越來越低，到了她十五、六歲時，甚至連剛進宮的嬪妃都敢喝斥她。

王國慶典那天，小公主默默地跟在隊伍的最後面，逐漸與人群拉開了距離，最後被孤零零地留在了路中央。

遠處的少年看著默默掉眼淚的小公主，皺了皺眉頭，猛然化為一條巨龍，向其直撲而去。

巨龍掠走了公主，並挑釁地留下了信，緊接著，事情傳遍了整個王國。國王下重金徵選討伐巨龍的勇士，群情激憤間，這個最小的公主的尊號也隨之傳開。

即便小公主是王宮中最沒有存在感的人，卻依然代表了王室的尊嚴。

三個月後，巨龍居住的古堡下，王國中最頂尖的幾十名勇士執利劍與圓盾，蓄勢待發。

少年探頭看著，不禁吞了口口水。

小公主藏在少年身後，用顫巍巍的聲音問：「非要和他們打嗎？」

少年點了點頭。

「早晚有一天，妳會長成大姑娘的。」少年正色道：「那時候的妳將是最耀眼的明星，下面的這些人，也將不再僅僅為了榮華而對妳趨之若鶩。但是在此之前——妳得有登上舞臺的機會。」

「可是你在抖呢……」公主小聲道：「現在已經有很多人知道我了呀，你把我交出去，目的不也達成了嗎？」

「妳的話怎麼這麼多！」少年轉過頭吼道，耳朵泛起了紅色。

公主愣了下，縮回到少年的身後。她把耳朵靠在少年的後背，輕聲道：「我也喜歡你。」

財迷

「妳怎麼還在這兒？」少年皺了皺眉頭。「不要以為我上次放過妳，這次也不抓妳了。」

小狐妖笑咪咪地眨了眨眼睛說：「等你呀。」

少年頗感頭痛地揉了揉太陽穴。他本來拜師於附近道觀的財迷道長，學習獵妖，然而出關數次，卻次次碰壁——眼前的小狐妖可愛得很，少年不忍捕她，反被她天天纏著。

時間長了，少年雖仍擺臉色，心裡卻不由得軟了起來。再後來，英雄終也抵不過繞指柔。

「我總得攢點老婆本吧？」少年揉了揉小狐妖的頭髮。「等攢夠了錢，我就娶妳。」

兩年轉眼過去。這天清晨，少年正美滋滋地數著錢，房門卻被老道士一腳踹開。

「徒弟呀，記不記得為師當初給你說的七尾狐妖？」老道士的眼睛閃閃發亮。「她的蹤跡又暴露啦！這次你可務必得抓住她，這隻七尾狐的筋骨可值錢著呢，三兩能換——」

「師父！」少年一怔，打斷道：「就不能放過她嗎？」

老道士的眉頭一豎，將自己的寶葫蘆塞進少年的懷裡說：「什麼話！這次方圓百里的獵妖師可都在尋她，這錢要是讓別人賺走了，可別怪我不客氣！」

說罷，老道士也不顧少年的反應，優哉遊哉地回大殿打坐去了。少年跺了跺腳，把葫蘆隨手塞進包裡，狂奔著出了門。剛過樹林，那小狐妖果然如往常般等著他。

「快跑！」少年拉起小狐妖便逃。「現在方圓百里所有的獵妖師都在找妳，妳再不走——」

話未說完，少年包裹中的寶葫蘆自行飛出，猛地將小狐妖吸入其中。少年愣愣地看著葫蘆跌落在地，他撿起石頭去砸，直到手被石頭磨得滿是鮮血，也不曾損傷葫蘆分毫。

少年回到了道觀，他一言不發地收拾好行李，又從枕頭下面摸出了最近幾年攢下的所有銀子，嘆了口氣，轉身出門了。

主殿門口，少年跪著，把裝著銀子的錢袋和寶葫蘆放到師父的面前。

「師父，這是我這麼多年攢下來的錢，本來……」少年有些哽咽。「算了，這些錢就用來報答師父的恩情，恕弟子不孝，以後不再居於師門。」

老道士接過錢袋，笑得眼睛都瞇成了縫。接著，他抬指一挑，揭開了寶葫蘆的蓋子。

「死老頭，收了我的錢，竟然還敢用葫蘆關我！」小狐妖憤然躍出。「你到底給沒給你的木頭徒弟……說娶我的事情。」

「哎呀，差點忘了！」老道士一拍腦門。「為師命令你娶她。」

少年愣愣地看著小狐妖，然後猛地轉過頭，盯著老道士手中的錢袋。「看什麼看，小兔崽子，老子都損失一條七尾狐了，要你點報酬怎麼了！」

老道士急忙把錢袋塞進懷裡。「娶你的親去，別惦記老子的錢！」

巫師

「爸爸你看！」女孩叫：「是巫師！」

男人順著女兒指尖的方向看去，公園盡頭的長椅邊，一個戴著破爛尖帽的老頭正打著呼嚕，顯然睡得正香。

「那只是個流浪漢而已。」男人搖了搖頭道：「世界上沒有什麼巫師，即便有，也不可能生活得這麼落魄——你看他的雙腳，連鞋子都沒穿。」

「那他好可憐啊！比我還可憐。」女孩抬起手，摸了摸自己被帽子遮擋住的頭頂。「我雖然沒有了頭髮，但還有好看的小帽子，他連帽子都是破破爛爛的。」

男人只覺得心臟彷彿被一隻巨手擎住，他強壓下悲傷，笑著對女兒說：「那咱們送他一頂新帽子好不好？」

幾分鐘後，男人和女孩的手裡都拎著裝得滿滿的袋子，來到長椅旁邊。

「流浪漢先生！」女孩推了推老頭，輕聲叫：「我們給您帶了衣服和食物。」

「流什麼浪，老子可是巫師！食物？」老頭因不耐煩而揮動的手僵住，整個人竄了起來，兩眼放光地盯著袋子。

「你是巫師！那你能幫我把頭髮變出來嗎？」女孩把袋子交到老頭的手中，驚喜道：

「我得了病，治療的時候頭髮都掉光了，同學們都笑我是小禿子。」

「好說！」老頭一邊狼吞虎嚥，一邊含含糊糊道，手上卻沒有什麼要施法的動作。

「該走了。」男人把裝著新衣服的袋子放在長椅邊上，拉了拉女孩的手。女孩這才嘆了口氣，有些失望地跟在父親身後走遠。

女孩回家時，天已經黑了，準備睡覺前，她卻意外發現窗外有個老頭戴著她親自挑選的尖頂帽走過。

她急忙跑去廚房，拿來了晚餐剩下的一隻火雞腿。

「流浪漢先生！」女孩悄悄把窗戶推開一條縫。「你餓不餓？」

老頭被嚇了一跳，剛想罵出聲來的他轉身看到女孩手中端著的食物，立刻變了張臉。

「給我的？」老頭有些臉紅地搓著手。「這個……現在巫師這個行當不好幹呀，窮得要死。」

女孩這次卻只當老頭是在逗她開心，也沒在意，伸手把盤子遞了過去。

「嗯，那個，謝謝款待。」老頭把雞肉塞得滿嘴都是。「這個就算是妳付之前那個願望的利息吧。」

他打了個響指，一串腫瘤赫然飄浮於空中，被金色的火焰灼成灰燼。月光下，女孩的頭頂有短短的髮絲鑽出。

少年

女人向剛剛回家的兒子招了招手，笑道：「哎，兒子，你看媽找到了什麼？」

她從背後掏出兩本冊子，冊子的封面歪歪扭扭地畫著騎士乘著戰馬的背影——他手中正擎著長槍，策馬向那條巨大的惡龍狂奔而去。

男人有些臉紅，那是他少年時期占用聽課的時間畫出來的漫畫。「妳從哪兒翻出來這些老古董的？什麼騎士公主惡龍的，都是小孩子才信的東西。」

男人撇了撇嘴。「媽，我都二十五了。現在的社會誰還吃這一套啊，遇到事，誰不躲誰是傻子。」

「不管你嘴上多少大道理，在父母眼裡你永遠都是孩子。」女人哼道：「你還知道自己二十五啊，也不見你找個女朋友回來。」

男人被口水嗆了下，有些窘迫地應道：「最近就找，最近就找。」

女人這才滿意地點了點頭。她轉過身，把手中的冊子揚起，說：「這幾本漫畫我扔了？」

男人怔了怔，掃了眼冊子上幼稚的線條，點了點頭。「不要了。」

冊子被丟在一紙箱破舊玩具中，被女人一併丟出了家門。

飯菜被端上了桌，本以為自己不會在意的男人坐在飯桌前，腦海中卻不斷閃過年少時的畫面。一頓晚餐，他吃得匆匆忙忙，剛放下筷子，男人就直奔門外。

那裝著破舊玩具的盒子已經不見了蹤影。

「垃圾？應該被撿廢品的老頭帶走了吧？」警衛小哥答道。

然而當男人趕到老人家中時，收廢品的車卻剛剛開走。他失魂落魄地向老人道過謝，往家走去。經過街口時，一絲求救聲傳入他的耳中。

男人加快步伐往前走了幾步，然後遲疑地停了下來。

「我就是個傻子。」他啐了口唾沫，轉身走進巷子。

「小子，別多管閒事。」一身酒氣的流氓鬆開了女孩的手腕，手中的彈簧刀出了鞘。

男人一聲不吭，迎了上去，伴隨著彈簧刀刺入身體的聲音，他一拳將流氓打倒。

女孩被友人接走，臨行前留下了男人的電話，說要請客答謝。男人笑著與其告別，私下裡卻疑惑地用手指撫摸著小腹——那裡本該有道傷口。

「你怎麼樣？」公主和巨龍圍在騎士身邊，擔心地問：「這點小傷，不算什麼。」

騎士一邊包紮著傷口，一邊冷哼道：「還算他有點良心，知道出來找咱們，否則我才懶得救他。對了，你倆把紙箱放到該放的地方了吧？」

男人無意中踢到了什麼，停下腳步。他把疑惑拋在腦後，驚喜地抱起了一箱破舊的玩具。

貪吃貓

「你怎麼這麼貪吃啊。」

女孩無奈地抓起一把貓糧，撒到貓的食盆裡。這是今天的第五餐，她家的貓總是特別能吃，每天都纏著她，索要食物。

咚咚咚，門響了。

「誰呀？」女孩把貓糧放在腳邊，揉了揉貓的小腦袋，跑去開門。她剛打開一條門縫，一隻手便伸了進來，撐住了門，接著是身軀。

幾個人將門強行推開，湧了進來。

歹徒一腳將貓糧踢開，掏出了刀。貓一聲慘叫，飛撲向貓糧。

女孩嚇了一跳，急忙後退，把自己關在臥室裡，用力鎖上了門。

「妳覺得有用嗎？」門外傳來歹徒不屑的聲音。「我看妳還是乖乖出來，把值錢的東西交給我們，這鎖救不了妳的。」

「說得對啊。」一個咬牙切齒的聲音響起：「你們的刀也救不了你。」

接著是幾聲慘叫。

女孩躲了一會兒，聽到外面沒了聲音，小心翼翼地打開了門。

一個貓耳少年倚在牆邊，甩著尾巴，拿著貓糧袋子大快朵頤，周圍是四個躺在地上哼哼唧唧的歹徒。

見女孩出來，他急忙把袋子藏到身後，臉漲得通紅。

「真不是我貪吃。」少年磕磕巴巴地解釋：「就是……就是變成人消耗有點大……」

嘿，小傢伙

Hey, Little Guy.

嘿，小傢伙

HEY, LITTLE GUY.

作　　者／溫酒
執 行 長／陳君平
榮譽發行人／黃鎮隆
協　　理／洪琇菁
總 編 輯／呂尚燁
執行編輯／陳昭燕
美術監製／沙雲佩
美術編輯／方品舒
國際版權／黃令歡、梁名儀
企劃宣傳／楊玉如、施語宸、洪國瑋
內文排版／謝青秀

國家圖書館出版品預行編目資料

嘿，小傢伙／溫酒作．-- 1版．-- 臺北市：城邦文化事業股份有限公司尖端出版：英屬蓋曼群島商家庭傳媒股份有限公司城邦分公司尖端出版發行，2022.06
面；　公分
ISBN 978-626-316-809-1（平裝）

857.63　　111004037

出版／城邦文化事業股份有限公司　尖端出版
台北市 104 中山區民生東路二段 141 號 10 樓
電話：（02）2500-7600　傳真：（02）2500-2683
讀者服務信箱：7novels@mail2.spp.com.tw
發行／英屬蓋曼群島商家庭傳媒股份有限公司城邦分公司　尖端出版
台北市 104 中山區民生東路二段 141 號 10 樓
電話：（02）2500-7600　傳真：（02）2500-1979
劃撥專線：（03）312-4212
戶名：英屬蓋曼群島商家庭傳媒（股）公司城邦分公司
劃撥帳號：50003021
※ 劃撥金額未滿 500 元，請加付掛號郵資 50 元
法律顧問／王子文律師　元禾法律事務所　台北市羅斯福路三段 37 號 15 樓

台灣地區總經銷／中彰投以北（含宜花東）　楨彥有限公司
電話：（02）8919-3369　傳真：（02）8914-5524
雲嘉以南　威信圖書有限公司
（嘉義公司）電話：（05）233-3852　傳真：（05）233-3863
（高雄公司）電話：（07）373-0079　傳真：（07）373-0087
馬新地區總經銷／城邦（馬新）出版集團 Cite（M）Sdn Bhd
電話：603-9057-8822　傳真：603-9057-6622
E-mail：cite@cite.com.my
香港地區總經銷／城邦（香港）出版集團 Cite（H.K.）Publishing Group Limited
電話：852-2508-6231　傳真：852-2578-9337
E-mail：hkcite@biznetvigator.com

版　次／2022 年 6 月 1 版 1 刷　Printed in Taiwan